地上で起きた出来事はぜんぶここからみている

河野聡子

いぬのせなか座

もくじ

［役割］

［オープニング事例］

［スクリプト］

1 エネルギーを見いだすこと／2 魔法のような新素材、新技術／3 蒸気電話／4 太陽熱アイロン／5 エアロバイク洗濯マシーン／6 気化熱壷冷蔵庫／7 ペットボトル水上自転車／8 日本のお風呂／9 ついでにバスルームに水車も追加／10 ハムスター／11 ニギリ発電／12 ドアノブ／13 おにぎり／14 チーズ／15 ラジオ体操／16 ふとんたたき／17 セーターを編む／18 子守唄／19 めがね／20 ピアノ／21 電卓／22 シュレッダー／23 穴あけパンチ／24 エンピツ／25 シャープペンシル／26 クリップ／27 ホッチキス／28 靴／29 アスファルト／30 線路は続く／31 通勤電車／32 階段／33 すべり台／34 会議／35 うちわ／36 資料／37 スポーツ／38 すもう／39 雷　太陽　風　波／40 振動／41 光

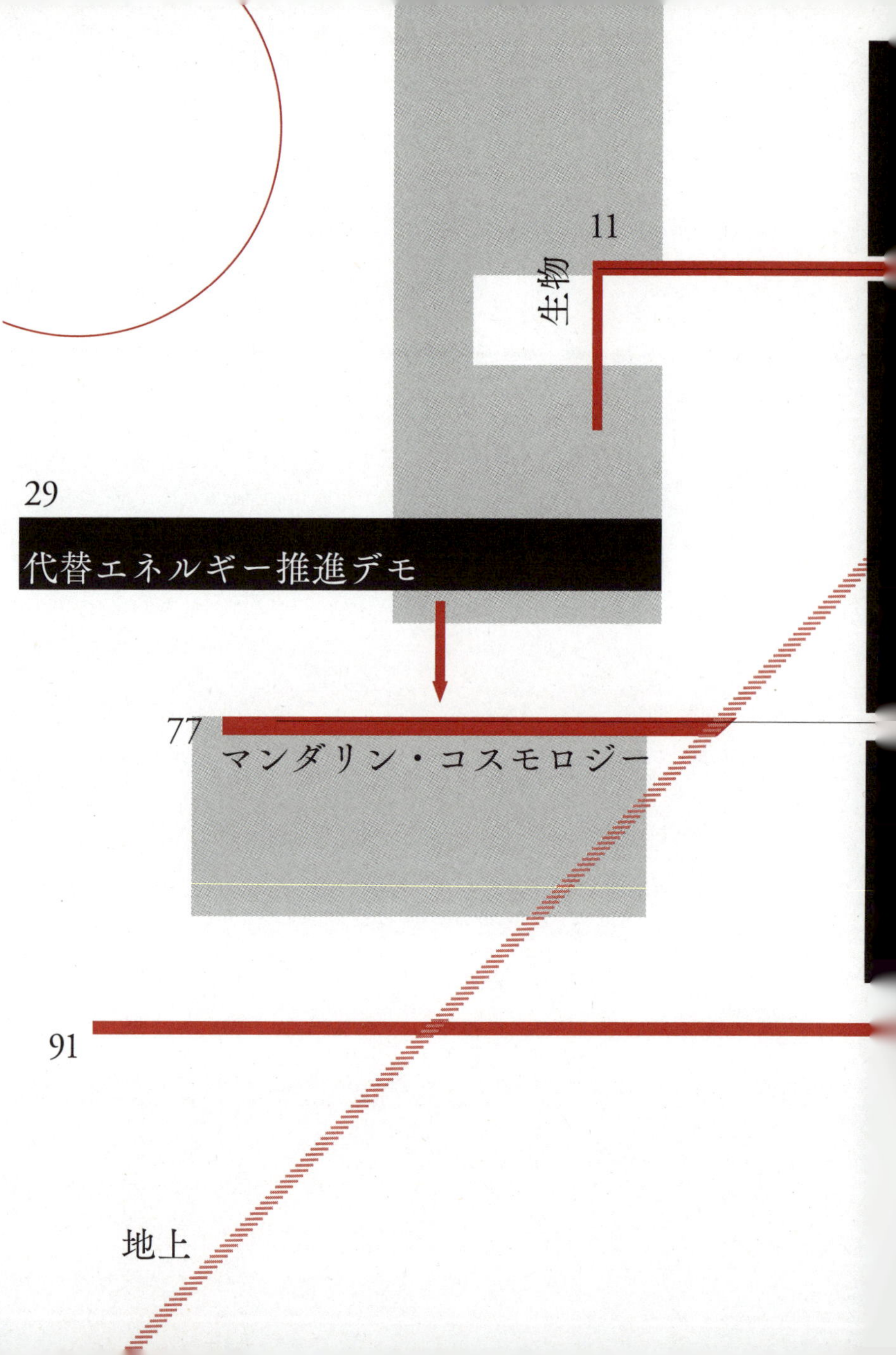

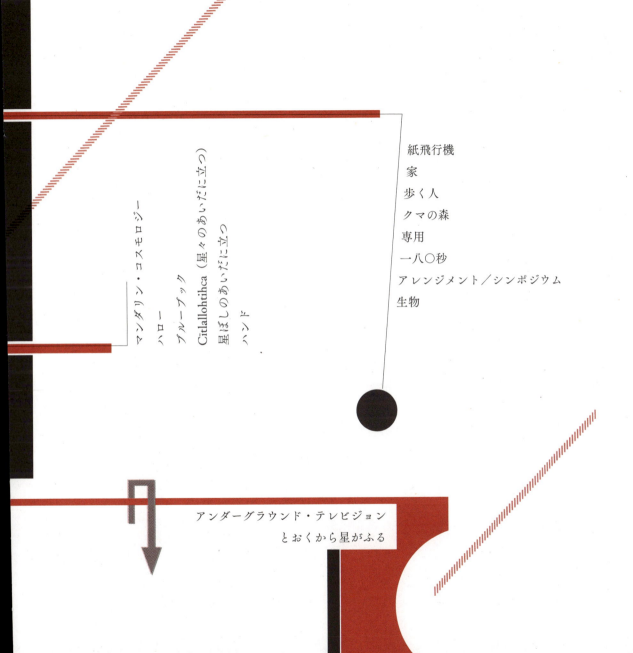

地上で起きた出来事は
ぜんぶここからみている

生物

五時。
そして五時がきて、スーパーのレジをアフリカが通過する
アフリカ、午前五時のアフリカを夢みる、五時のスーパーで
アフリカの五時を夢みる、わたしは五時のアフリカのライオ
ン、ヒョウをみつめる。ニワトリ、ジャガイモ、ニンジン、
タマネギが、イギリス製の財布でレジを通過するのを、離れ
たところで待っている、五時、レジを通過するサイ、ゾウ、
シマウマ、レイヨウの群れをみる、手持ち無沙汰に待つ夕暮
れのスーパー、午前五時のアフリカでカバのオアシスが目を
覚ます、もうすぐ小鳥が背中におりたち痒い虫を掃除してく
れる、あたたかな水でまどろむ
わたしは、カバの泉の、カバである
五時。サイレン。
かごの隙間をすりぬけてレシートが滑空する、紙飛行機、
アフリカの空を滑空する、わたしは墜落する、飛行機になる
スーパーのビニール袋を広げながら、ほうれんそうが謎であ
る、と、国産契約農家栽培の冷凍ものがほんものより安いの
はどうしてであるのか、と、たずねられる。
五時のアフリカに謎のほうれんそうが一面に生える

紙飛行機

超瞬間湯沸し器である、とこたえる。
謎のほうれんそうはいっせいに風になびく
超瞬間湯沸し器で旬のほうれんそうを茹でるのであると、正しい答えとして、断言する。
超瞬間はどこで手に入るのかと、たずねられる。
わたしはこれまで誰にもさよならなんていったことがなかった。
おぼえているだろうかはじめての変化のこと。わたしはジャケットになったイギリス製の。そしてイギリス製のその他の洋服、イギリス製のコート、イギリス製の雨着、帽子、イギリス製の。
わたしはいつだって、眠ったまま誰かを待っている愚かで退屈なお姫さまたちを軽蔑していた。
わたしは成り代わり、身につけられ、ついていった。その他のイギリス製の被服、その他のイギリス製のズボンつり、イギリス製のベルト、イギリス製のサファリスーツ、サバンナの雨着、イギリス製のレイヨウ類、その他のイギリス製のゾウ、イギリス製のライオン用特殊衣服、オアシス用特殊靴。わたしはひとりでやりとげなくてはならなかった、五時。午前五時。
五時。

あの角を曲がり
この家までまっすぐのびる
おまえが道を走ってくるときの
ゆるやかな喜びの感覚を
何と名づけるべきだろう
かくれんぼが終わると三輪車が疾走し
チョークの線路をオモチャの汽車が駆けぬける
空間を切りとる肌のうえに
のびひろがるみえない膜は
丸い泡のかたちでおまえをくるみ
みえない真上も真下も真後ろも
おまえの肌は理解している
ぼくらは抱きあってオキシトシンを分泌する
むかっていく安堵と信頼、共感がまぜこぜになった
この感覚をぼくらは愛とよぶ
もうすぐジャスミンの白い花が咲くだろう

家

となりあって二株生えたジャスミンの
左は長いつるが一本伸びて葉がしげり
右は短いつるが何本ものびてたくさんのつぼみが待つ
右と左のつるをからめたら
オキシトシンが分泌されるかもと
おまえは真剣な顔で
オキシトシン、という
オキシトシン、
歌いながらチョークの線路を旅行するおまえは
いつかほんものの乗り物で
どこかへ行ってしまうのだろうか
みえない真上も真下も理解する
おまえの肌のうしろにはいつも
うつむいても
両手をあげても
この家がある

靴底で小石が鳴り
軌道をはずれた小惑星があしもとをころがりおちていく
頭上にからむ蔓のドームで赤い花の星が降る
ほどけた靴の紐をむすぶぼくらのうえに
黒アゲハの影がたかくなりひくくなる

ぼくらは羽ばたきを追って歩くふりをする
きょうはキャンプ地までずっと歩かなくてはいけないし
あしたはもっと遠くまで行かなくてはいけない
火星の水を撮影した探査機のように遠くまで
今やぼくらは歩けなくなるその日までずっと歩かなくてはならないのだ

歩く人

チョウチョのしたをたどって足跡をつけていけば
だれかのことがとても心配だ、と言いつづけなくてよいし
とても同情的で配慮のある人物だというふりをしなくてもいい
ただ歩くだけでぼくらは生きる、けれど
とつぜん涼しい風が垂直に吹きおろしてくれば
奇跡のようなほほえみがおまえの顔から世界にのりうつり
その一瞬、たかく舞いあがった羽根の影を追いぼくらの足は宙に浮く
そしてそのまま、空中を歩いていくのだ

18

ぼくが三日生きるあいだきみは八十九年としをとる

クマの森

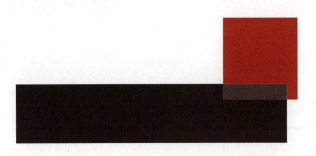

八十九年のあいだに
ヒトはクマになりクマはヒトになる
秋の河原で鮭を串に刺し
たき火で炙るヒトはクマだ
どんぐりの木を倒すヒトはクマ
ハチの巣を探すヒトはクマ
ヒトだったクマは森のくまさんで
みっつのおかゆの皿を用意する
森でおなかが空いたとしても
ちいさいお皿は食べないように
ちいさいクマが悲しむから
八十九年のあいだに
きみは何度かクマになり何度かヒトになる
三日経ってぼくが帰ったとき
きみがクマならたき火を焚いて
きみがヒトならおかゆをつくる
八十九年のあいだにたくさんの
こどものクマとこどものヒトが育つから
三日後のぼくの席はこどものクマに占領され
おかゆはあっという間になくなるだろう
眠りにつこうとするきみのそばで
ぼくはクマになって冬眠に入るのだ

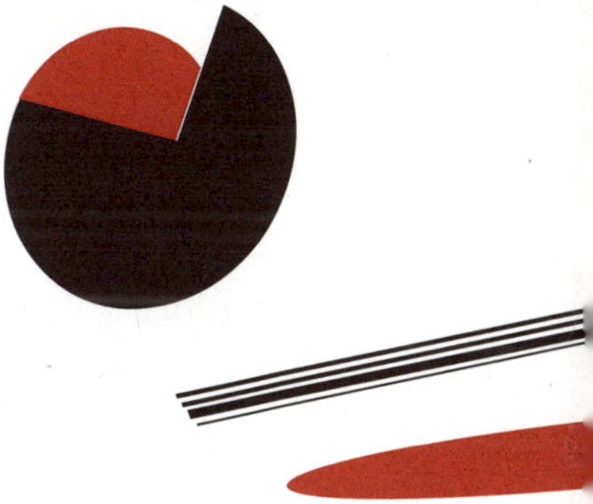

専用

20

骨の枠で頭がしめつけられてつらい。
骨を切ってぼくをとりだしてほしい。
ある朝ぼくの首がそういったきり、キャビネットから出てこなくなった
月曜日専用の首である
ついにきたか
火曜、水曜、木曜、金曜の首はつぶやいたが、土曜と日曜の首は寝ていた

近年首のひきこもりは社会問題になっている
ぼくの首は7つしかない
たった7つの首で、月曜から日曜までの7日間を切り回している

ぼくらは生まれたときからキャビネットを持っている
標準仕様のキャビネットは扉が6つあり、それぞれちがう首が入っている
毎日ちがう首で学校へ来なさい、
適切な時と場合に適切な首を選びなさい、さもないと
このように毎日首のちがう教師はぼくらを脅したものだった。
器用な首は美術の日に、体育が得意な首はドッチボールの日に、計算が得意な首は算数の日に。

おしゃべりな首、根気のある首、喧嘩っ早い首、泣き虫の首、見栄っ張りの首
今日はどの首にしようか
これを曜日で決める同僚は気楽で、気分で変える上司は最悪である
とはいえぼくの上司もかつては気楽な上司だった、ところが
「人間としておもしろい」のは首を気分で変える者
なる調査結果が発表され、上司は首をランダムに変えるようになった
月曜の首は変化と予測不可能な現象が苦手だった
月曜の首はいちばん頭がよかった
月曜の首はさっさと絶望した
月曜の首がひきこもりになったのも無理はなかった
月曜ほど頭のよくない残りのぼくらは途方にくれ
いまキャビネット越しに口論しているところだ
月曜の首当番をジャンケンで決めろというのか
ジャンケン、
首には手も指もない
何度やっても土曜の首が後出しするため、口ジャンケンは中止になった

むかしの人にとっては、顔の美醜が大きな問題だったそうだ
少なくともひとつは首についている顔ごときが、どうして問題だったのか
まるで夢物語のようだ
明日は月曜日で、首問題は未解決である
こうしてぼくも「人間としておもしろく」なっていくらしい

男／

男・シャツ／

男・白シャツ・革靴／

男・三五歳・白シャツ・皺・ネクタイ・革靴・艶のない／男・三五歳・前髪・白シャツ・皺・ネクタイ・細縞・革靴・艶のない・鞄／走る・男・三五歳・刺さる・前髪・ながく・まがる・襟・白シャツ・細かい・皺・ゆるむ・ネクタイ・細縞・革靴・艶のない・すりへった・踵・ゆれる・鞄／全速力で・走る・男・三五歳・しみる・汗・刺さる・前髪・眼に・ながく・まがる・黄ばんだ・襟・白シャツ・細かい・皺・

一八〇秒

ボタン・上から三番目・のびた・糸・先端・ゆるむ・ネクタイ・細縞・取り出す・箱・クロゼット・底で・舗道・蹴る・革靴・艶のない・すりへった・上がる・踵・小石・着地・ゆれる・黒鞄・ひらく／ふられる・腕・赤・点滅・踏み切り・横棒・全速力で・走る・男・三五歳・痛む・背中・しみる・汗・切らない・前髪・刺さる・眼に・ながく・歪んだ・まがる・黄ばんだ・かすかに・襟・白シャツ・細かい・皺・上から三番目・のびた・糸・先端・切れた・落ちる・砕ける・ボタン・ゆるむ・ネクタイ・細縞・取り出す・箱・クリスマスの・去年・クロゼット・底で・別れた・怒りの・舗道・蹴る・革靴・艶のない・すりへった・爪先・震え・ふくらはぎ・上がる・踵・小石・飛び散る・着地・飛び立つ・カラス・ゆれる・黒鞄・ひらく・ころがる・雨傘／食い込む・ストラップ・のばす・ふられる・腕・めくれる・袖・鳴る・点滅・警報・うなり・踏み切り・横棒・降りる・全速力で・走る・男・三五歳・痛む・背中・しみる・汗・切らない・前髪・刺さる・眼に・ながく・想起の・出勤登録・人事の課長・苦情・歪んだ・まがる・黄ばんだ・かすかに・襟・アイロン・所在不明の・押入れ・崩壊した・白シャツ・細かい・皺・上から三番目・のびた・糸・ほころぶ・先端・切れた・落ちる・砕ける・プラスチック・靴の底・ボタン・ふられる・首・息つぎ・ゆるむ・ネクタイ・細縞・取り出す・箱・リボン・青い・クリスマスの・去年・クロゼット・底で・別れた・後悔・怒りの・舗道・蹴る・革靴・艶のない・すりへった・だるい・つまさき・震え・ふくらはぎ・上がる・踵・小石・飛び散る・着地・飛び立つ・カラス・ゆれる・黒鞄・ひらく・ころがる・雨傘／めくれる・袖・点滅・警報・踏み切り・降りる・全速力で・走る・男・三五歳・階段・のぼる・痛む・汗・刺さる・ながく・想起の・苦情・崩壊した・白シャツ・ほころぶ・先端・砕ける・ふられる・息つぎ・ネクタイ・リボン・クリスマスの・別れた・後悔・怒りの・革靴・すりへった・つまさき・震え・ころがる・小石／改札・猫たちの・好奇心の／

一八〇秒／ ――――――――――

ドアまでの・閉じていく・距離・朝の／発車する

1

4人の出演者が演壇に座る。
出演者の前の机には、水のボトル、数冊の本、ノート、筆記具が並んでいる。
出演者は水を飲む、本をめくる、手を動かす、水をそそぐ、飲む、体をゆするといった動きを行う。
このとき、自分の身体と、机の上にあるもの以外は使ってはならない。
出演者のいる空間は、閉じていなければならない。
出演者は、適当なタイミングでしゃべらなくてはならない。
このとき、たがいに空気を読んではならない。
適当なタイミングでくしゃみとせきばらいをすること。
また随時、顔の筋肉を動かすこと。
このとき「おもしろい顔をしよう」などと考えることは禁止されている。
適切なタイミングがきたと判断したら、服の中に隠しもっていた秘密の持ち物を取り出し、使用する。
ただし、外部や観客と連絡をとるような行為は行ってはならない。
シンポジウムが終わったら、全員が立ち上がり、観客に向かって突撃する。

アレンジメント

シンポジウム

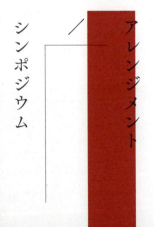

2

4人の観客が椅子に座る。
観客のイスには、パンフレットがおかれている。
観客は、まばたき、拍手、手足を組む、のばす、パンフレットを読む、メモをとる、といった動きを行う。
このとき、自分の身体と、イスに座っている状態から手が届く範囲のもの以外、使ってはならない。
観客のいる空間は、出演者に向かって開かれていなければならない。
観客は、適当なタイミングであいづちのようなひとりごとを発しなければならない。
このとき、たがいに空気を読んではならない。
適当なタイミングであくびをし、鼻をかみ、かすかに笑い声をあげること。
また随時、頭を前後または左右に、できるだけゆっくりと振ること。
このとき「眠ってはいけない」などと考えることは禁止されている。
適切なタイミングがきたと判断したら、出演者が使っている秘密の持ち物を、
いかなる手段を使っても、奪い去る。

シンポジウムが終わったら、全員が立ち上がり、空間の外へ出る。
外は晴れている（晴れていなければ、いかなる手段を使っても、晴れにする）。
そして青空の下、全員で歩いていく。

生物

おまえが立ちどまり手をのばす道路の灰
青空を殴りつけ振りおろすナイフの白
直角と直角をむすぶ刃《やいば》の公平な銀
青の被膜から切りとる立方体の透明

おまえは純粋な無色のキューブを
赤いバケツに放りこむ
いっときだけ真紅にそまり
アオスジアゲハの薄緑に一瞬怯えても
黒い影の手袋で惑わされずにつかむ
銅の把手
はこべ。
屋上へ。
道路わきの黒を吸うまえに。

みえないものをおまえは怖がらない

切りとった無色をつみあげると
高い場所でプリズムの空がひらき
無数の色を吸いこみ、放射する
こうして地球のうえは広くなり
わたしたちは息をつくのだ

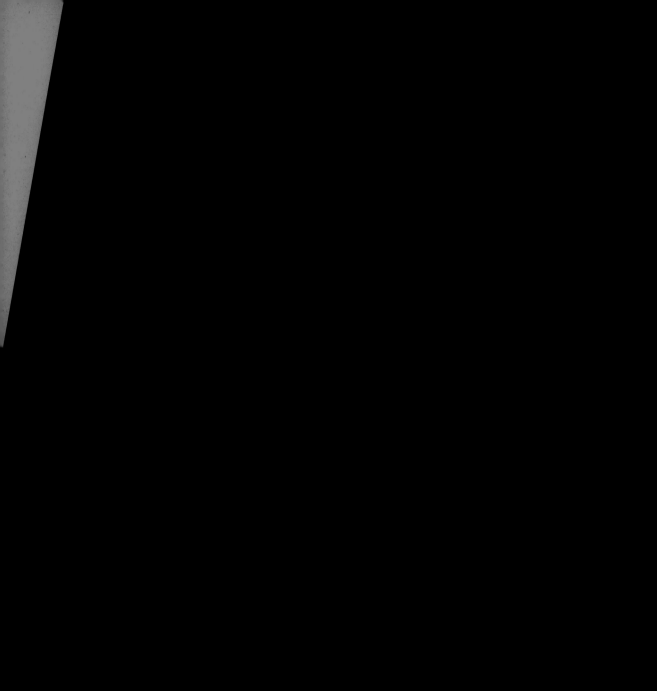

代替エネルギー推進デモ

「代替エネルギー推進デモ」は、41のパートで構成されたスクリプトに基づいて上演される。

［役割］

A　話す人。スクリプトを読み上げる。スクリプトは早口でまくしたてられなければならない。

B　書く人。Aの発話内容に反応しながら言葉を書き続ける。書かれた言葉は自動翻訳によって他の言語に翻訳される。一連の書記の行為および書かれた言葉はすべて観客に提示される。書く手を止めてはならない。また、適当なタイミングで各パートの表題をアナウンスする。表題がアナウンスされ次第、Aは次のパートに移行する。

C　動く人。身体を使って、エネルギーそのものを表現する。各パートの表題のみから動きをイメージする。どんな表現をしても良いが、「発電している」ということをよく意識した表現にすること。Bによって表題のアナウンスがなされたら、次のパートに移行する。

A、スクリプトを読み上げる。

B、ノートパソコンでWEBブラウザを開き、検索窓に「翻訳」と入力。「Google 翻訳」を選択。「元の言語」を「日本語」に、「翻訳する言語」を「フランス語」に設定。「代替エネルギー推進デモ」と入力。自動翻訳によりフランス語訳が表示される。画面上の一連の動きは舞台背後にプロジェクターで映し出される。つづいて「エネルギーを見いだすこと」と入力。

C、発電のための準備をする。

わたしはこの手に物質をもちません。

都市で生活する多くの人の手、文字通りその手から、モノが取り上げられて久しくなりました。こどものころは粘土をこねくりまわしてボールを、茶碗を、テレビをつくり、お城を建てました。ところが大人になってみれば、何で出来ているのか、どうやって動いているのかもわからない、いったん壊れればどうしたらいいのか皆目わからないものに囲まれて、なんとか生きています。

原子の力でエネルギーを得ても、その仕組みについては無知で、ひとたび危険な事態が起きれば遠くで騒音を立てるだけの私です。ひとがエネルギーを見出すこととは、エネルギーをだれもが使える形へ変化させることでした。原子核反応もそのひとつでしたが、これは私がまったく意識しないふしぎな魔法にすぎませんでした。ではエネルギーといったとき、いったいほかに何があるのでしょうか。

このさき、太陽の熱から、空気中の水素から、豚のおならから、風や海から、物質の核から、魔法のようにエネルギーをとりだす技術がまた、新しくあらわれる。そうかもしれない。それとも私はこの身体が所属する空間すべてになんらかの力をみつけだし、使う方法を考えるのでしょうか。電気が最初に見出されたとき、それはとても小さい、人が使えないような形でしか存在しない力でした。これからお話しすることはいわばオモチャの発電所のお話です。オモチャのエネルギー、わたしの手に届く場所にあるオモチャの力のお話です。

わたしは朝顔の種をまきます。つる植物を窓に這わせて日よけにします。葉から水分が蒸発するとき気化熱が発生し、建物周囲の空気を冷やします。植物を植えるのは省エネ効果ではなく、代替エネルギーの活用です。水が蒸発するときにエネルギーが発生します。蒸気は19世紀に一世を風靡したエネルギーの基礎でした。いまだに大規模な発電所は最後に蒸気でタービンをまわし、電気をつくります。蒸気はかつて、人の声を伝える手段となることを夢みられた。温めたパイプを振動が走り抜け声に変換されるのを夢みた。我々はエネルギーと技術の夢をみて、夢みるだけではすまないところまで行きました。私は昨年、職場の窓辺に朝顔を植えた。順調に大きくなり、天井にまで達した蔓から葉っぱが重く垂れさがった。やがてどこからか小さな虫がやってきて、ぴったりくっつき、大発生しました。

4

太陽熱アイロン

私の祖母はアイロンのことを「こて」と呼んでいました。祖母の家には、かつて、炭を入れて使うアイロンのようなものがありました。片面がアイロンのようにつるつるの金属の容器に熱した炭を入れて熱くしていたのでした。いまの生活で炭を復活させることはむずかしい。わたしの家には煙突もなく、かまどもない。きっと一酸化炭素中毒大会が盛大に開かれることでしょう。太陽の光は中毒になりません。我々はアイロンに太陽を入れたい。真夏のベランダで太陽をののしっているすきに、アイロンをその手ににぎりしめる。我々に光を！熱を！アイロンを！そしてパリパリの白いシャツ、アイロンから太陽を入れたシャツを着て、出かけていくのです。

5 エアロバイク洗濯マシーン

全世界の男女が美容とダイエットにかける情熱、深夜のテレビ番組でダンベルや得体のしれないプラスチック製の器械を買いこむ人々のことを考えてみてください。代替エネルギーとして求められるのは、この情熱をエネルギーへと変換し、ダイエットを完遂させ見栄をみたし運動不足も解決し将来の成人病に備えながら日々の生活に必要な家事さえ行うという一石五鳥ともいえる仕組みです。これを実現させるのがエアロバイク洗濯マシーンです。バイクをこぐこと、それはすなわち洗濯をすることであり、運動をすることであり、健康に配慮することです。スポーツジムにもエアロバイクがずらりとならび、人々は壁や窓にむかってひたすらこぎ続けると同時に、コインランドリーの使用権も手に入れます。

6 気化熱壷冷蔵庫

気化熱とは一定量の物体を気体にするために必要なエネルギーのことです。二種類の大きさの壺の間に濡れた砂をつめ、風の通る場所へ置いておくと、砂から水が蒸発する過程で砂の周囲の空気から熱が奪い取られ、内側のつぼが冷やされる。ものの形がかわるとき、エネルギーが使われます。氷が水になるとき、水が気体になるときにも、必要なエネルギーとして空気の熱が使われます。こうして東京では冷蔵庫というには足りないが、チョコレートが溶けない温度にしておくことはできるかもしれません。

7 ペットボトル水上自転車

ペットボトルがいかに軽く、持ち運びがたやすく、水に浮くかということはふだん忘れられています。東京のように、水際に位置し、大きな地震で液状化する都市にとって、また集中豪雨が局地的に起き、すぐに道端に水があふれる今日このごろ、ペットボトルが水に浮くということは非常に重要なポイントです。朝起きたら周囲が水たまりになっていたとして、あなたはいったいどうやって通勤しますか？勤勉な日本人の名誉にかけて、たかがその程度で「今日は会社に行けない」などと思うべきではありません。ペットボトルで水の上を走れるようになれれば、われわれは救世主にだって会いにいける。

２００９年、大きなペットボトルを自転車の車輪にセットした、画期的な「水上自転車」が中国湖北省で発明された。水陸両用自転車で、金属の駆動装置で車輪にとりつけたペットボトルが水上を浮きながら前に進むことができるというばかばかしい乗り物です。だがこんなときにもまじめに通勤する場合には、ばかばかしさこそが救世主なのです。

日本のお風呂の素晴らしさは世界がみとめています。すくなくとも、世界のすばらしいローテク発明として認定されたくらい、素晴らしいのが日本のお風呂です。ところが最近はバスタブなるものが普及しました。かつて銭湯以外の家庭によくあった、体を折り曲げて入り、肩まで沈む、あのスタイルのお風呂はいまや、絶滅危惧種となりつつありますが、エネルギー問題の観点から見た日本のお風呂の素晴らしさを以下に告げてみましょう。ひとつ、湯を張った水面が小さいため熱の発散が遅いすなわち冷めにくい、ふたつ、設置場所も狭く、熱を逃さないための蓋も小さくてよいので子どもにも扱いやすい、みっつ、肩や首まで短時間で温めることができる、よっつ、小さなお風呂で、膝を折り曲げ肩までつかって胎児の姿勢をとると、水の浮力を感じることができる。
広いバスルームの大きな風呂、泡が出たりとびだしたりなんとかするお風呂を独占するのが素晴らしいというのは、二十世紀の終わりからきたちょっとしたバブリーな流行りにすぎません。この、完全にひとりになれる小さなお風呂、これほど素晴らしいリラックスの場所はじつはないのです。

8　日本のお風呂

9 ついでにバスルームに水車も追加

しかしあなたがもしシャワーも使いたいというなら、バスルームに小さな水車を置き、バスルームの照明を助ける程度の発電はこころみてもいいでしょう。トイレのタンクに水が流れ、バスルームのシャワーが動くたび、発電タービンがキャパシタに電気をためていきます。身近にある回転するものからエネルギーを取り出す努力と工夫が今後ますます勤勉な日本人、まじめな方のわたしたちを駆り立てるのですが、いっぽうまじめでないほうの私たちというのも確実に存在していて、こちらのわたしたちは、ありがたくまじめな人が貯めたエネルギーを使わせていただくのです。とはいえまじめでない、勤勉でないほうの私たちも、ゲームをするときにはまじめになります。一心不乱にマウスをクリックして戦っていますから。そして一心不乱にクリックするマウスからでさえ、ひとたび本気になった人類は発電をするのです。

ところでハムスターはマウスに似ているがマウスの仲間ではなく、キヌゲネズミ科に属し、ネズミの一種ではあるがあまりネズミのようでありません。ハムスターが一心不乱に回し車をまわす様子をあなたはみたことがありますか？　ハムスターは遊んでいるのですが、この回転する車からエネルギーがとれないかと、代替エネルギーにめざめた我々は当然考えるのであって、その結果ペットタービンともいうべき装置が発明され、ペットショップでは発電も可能なハムスター飼育セットが販売されることになるでしょう。

きたるべき代替エネルギー論にとってもっとも重要なことは、普段の生活で発生しているエネルギーが電気の形に自然に変換されなくてはならない、ということです。家庭で、あるいは日常生活で、人間が自然に行っている動きにともなう発電を考えなければならない。

「ニギリ発電」はその回答の一つです。自然に行う動きにともなう発電といえば「歯ぎしり発電」や「貧乏ゆすり発電」なども考えられますが、これは個人の身体的特徴に依存する部分が大きすぎるため、割愛します。

ニギリ発電機の第一候補といえばやはり「ドアノブ」です。この装置の厄介なところは、右に回すべきか左に回すべきか、押すべきか引くべきかがわからなくなってしまうところで、その一瞬の躊躇がこめられて、ドアノブを握るわれわれの動作は、ときに祈りをこめたように重くなります。

その力を圧電素子によって電気に変えるために、ドアノブは今後、軽くまわしやすく開きやすいバリアフリーでしゃれた方向にではなく、開きにくく、力をこめ、ぎゅっと握りしめる形状へと進化しなければならない。そして、その使いにくいドアノブに対する苛立ちはドアそれ自体へも向けられるのですが、そうしてバタン！と大きな音を立てて腹立たしげに開かれるドアの運動もまた発電に向けられます。

代替エネルギーの社会では、ドアを静かにひっそりとあけしめする人間は、礼儀にかなっていないと非難されるようになるでしょう。ドアノブをしっかりと握りしめ、その勢いをドアに叩きつけるようにして開いた瞬間、その先のオフィスの明りが一斉にともるのです。

だが「ニギリ」といえば、あれを忘れてはなりません。それは、実際は大した力を入れてにぎっていない「寿司のにぎり」ではなく、ニッポンのソウルフード、しっかりと握りしめられた「おにぎり」です。われわれはおにぎりを食べるとき、この握られた力を体内に充填しています。この力をニギリのプロセスにおいてすら利用可能な形で蓄積できないかという試みが、ニギリ発電ともいえるのです。これこそはきわめて人間的な力です。ニギリ発電の単位は既存の電気の単位以外におにぎりで表記され、1おにぎり、2おにぎりとカタログに書かれます。

エネルギーを生み出すのがタービンの回転のようなメカニカルなものだけだと思うのは間違いです。化学反応によって熱が生み出されますが、それを電気に変換する仕組みをつくれば、あらゆる発酵食品、チーズや納豆やヨーグルトや日本酒の製造過程からエネルギーが取り出されるようになるでしょう。なかでもチーズが最も有望なのは、もちろんこれが、黄色いからです。黄色は電気の色、太陽の色です。

15

ラジオ体操

ラジオ体操は、筋肉という装置に電気エネルギーを発生させる活動です。それは次のような運動からなっています。1、のびの運動、2、腕を振ってあしをまげのばす運動、3、腕をまわす運動、4、胸をそらす運動、5、からだを横にまげる運動、6、からだを前後にまげる運動、7、からだをねじる運動、8、腕を上下にのばす運動、9、からだを斜め下にまげ、胸をそらす運動、10、からだをまわす運動、11、両あしでとぶ運動、12、腕を振ってあしをまげのばす運動、13、深呼吸の運動。日本では夏休みの子どもにスタンプカードなどを配り、毎日この発電活動に参加するよう奨励しています。

16　ふとんたたき

日常的なさまざまな行為からエネルギーを取り出すなら、家事から取り出すべきエネルギーは非常に多いと予想されています。ふとんたたきは見た目の派手さ、面白さ、充実感も含め、その代表格といえましょう。ふとんたたきとは、屋外に干し日に当てたふとんを文字通りたたくことで、これによって布団の内外にくっついたほこりやダニを叩きだすことですが、これを行うための道具もまたふとんたたきと呼ばれます。さらに、ふとんたたきをふるってふとんを叩く動作からエネルギーを取り出すことそれ自体もまたふとんたたきと呼ばれます。このネーミングはハエたたきがハエを叩く道具と行為を同時にあらわしているのと同じです。ただしハエの場合はエネルギー変換が低すぎるので、代替エネルギーの可能性はほとんどないと言われます。

母さんが夜なべして編むのはおおかたの場合、手袋と相場が決まっていますが、手袋はすぐに編み上がってしまうため、夜なべエネルギー発生行為にふさわしいのはマフラーか、最良なのはセーターだと思われます。もとより手編みのセーターは、夜なべした人のなんらかの力がこめられたものとして、とくにバレンタインやクリスマスにあまり好きでもない相手からうっかり受け取ってしまうと、その力により何かが起きるのではないかと恐れられるくらいの潜在的エネルギーを秘めているのです。

17　セーターを編む

すべての物質は電子を持っています。そのプラスとマイナスの電荷が釣り合わなくなったとき、電気が流れます。たとえば毛糸をこすった指、帯電したそれが他の物体に触れあうと火花がちる。そして子守唄を歌うと赤ちゃんが眠り、赤ちゃんが眠ると、かならず、何かが発生するのです。

18
子守唄

めがねはレンズと金属またはプラスチックでできています。レンズは小さいものを大きく見せるだけでなく、日光を集中させ、太陽エネルギーを集める働きをします。ですが、めがねのほんとうの力はべつにあるのです。みんなが認めているにも関わらずはっきり言おうとしない、めがねが持っている絶大なパワーとは、かけた人を頭がよさそうに、あるいは間抜けに見せる強力な作用です。プレゼンや上司との駆け引き、また合コンといった場面においてめがねがどのくらい強力な力を持っていることか。代替エネルギー開発において待ち望まれるのは、このめがねパワーを持ち運び可能なエネルギーに変換する技術なのです。

19 めがね

20　ピアノ

二十年ほど前、ピアノは、一家に一台というほどいたるところにありました。鍵盤のストロークが木と皮でできた複雑な器械に伝わって、弦を打ち鳴らすことで、音が鳴り響くのが、ピアノです。全体を振動を伝える板でおおわれ、重い鋳鉄の枠が鋼鉄の弦を支えています。かつて、モーターと発電機の仕組みは逆です、と先生は教えてくれました。モーターをまわすために電気を必要とする一方、発電機はモーターを回して電気を起こす。それでは、スピーカーは電気を流して音にするが、なぜ音をスピーカーに流して電気にすることができないのか。それとも、音の振動をそのまま電気にすることはできないのか。そういう問いを発したひとがいました。圧電素子を使った研究の結果、音を電気に変えることができるようになりつつあります。やがてはピアノの鍵盤のストロークも、弦の振動も電気の光となり、クリスマスツリーを点灯するためにわたしたちはピアノを叩きます。

21　電　卓

電池交換がいらないのが電卓のいいところです。ずっと昔から太陽電池がついているからです。ソーラー電卓です。ところが電卓にはなぜか電源ボタンがついています。これはリセットボタンです。太陽電池は起電力が不安定なので、薄暗いところから徐々に明るくなると、電圧も低い状態からだんだん高くなります。室内照明をつけた時や明け方の日差しを受けたとき、電卓のＬＳＩは不安定な電圧に誤動作を起こします。電卓のＯＮボタンを押すことでリフレッシュする、これが電源ボタンの役割なのです！

22 シュレッダー

代替エネルギー時代に必要な工夫とは、手回しシュレッダーをまわしているときに感じるむなしさすら有益なものに変換するために、シュレッダーをまわしながら同時に手動発電を行ってラジオを鳴らす、というように、生活のそこかしこに生まれる動作や熱を利用してエネルギーをつくりだし、これによってリフレッシュや楽しみの要素を導入することです。だから電化製品の大好きな上司や夫に向っては、シュレッダーを電動にしたからといってシュレッダー作業が楽しくなるわけではないと説得しなければなりません。電動にしてシュレッダー作業が速くなれば、その分作業が楽しくなるのではなく、するはずでなかった仕事がもっと増えるだけなのはあまねく知られた事実です。

23 穴あけパンチ

穴あけパンチというものにも同様の配慮が求められます。厚みが１０㎝にも達しようとする書類に穴をあけるべく、全体重をかけて両手で押さえつける巨大穴あけパンチに使うわたしの運動エネルギーが、書類への怒り、書類のもとになった会議への怒り、などというネガティブなものにではなく、すてきな三時のおやつへ変換されるような代替エネルギーが、求められています。具体的には、どら焼き、大福、シュークリーム、イチゴパイといったものへ変換されるのがのぞましいです。

24 エンピツ

いずれ、どのくらいの未来にか、圧電素子を使った発電方法が一般化し、エンピツで文字を書く圧力を電気に変換できるようになるでしょう。この技術はまっさきに学校の教室で応用されるべきです。先生が「はじめ！」といい、子どもたちはいっせいに下を向き、静かな教室にエンピツのカリカリいう音が響き渡ります。子どもたちがものすごいスピードで百マス計算をこなす。書けば書くほど教室は明るくなり、時々スパークします。エンピツがスパークします。机におちるエンピツの光と影が教室の思い出になる。こどものころ教室で発電をした日々として。

そしてシャープペンシルも進化のときを待っています。握る、押さえるエネルギーをいかに変換させられるかがポイントです。先端に、筆圧で回転する機構を組み込んだシャープペンシルはすでに存在していますが、連続して回転する場所にはエネルギーがつきものだからです。

26　クリップ

一連の文房具という道具類がこの世に登場して以来、クリップの潜在力はずっと秘められたままです。この文房具は強くも弱くもある結合力をもっていて、きわめて重要な働きを持っているにもかかわらず、個々の物体は常に軽んじられ、ポケットから転がり落ちても振り向かれることすらなく、ひたすら人類の酷使に耐えています。ですがこれからは、クリップのような、結合力をもった、小さく取るに足らない扱いをされているものこそが、大きな意味を持ってくるに違いないのです、それはクリップを一時的とはいえケーブルをつないだりするのに実際使ってしまうのにもあらわれています。

ホッチキスもクリップと並び、なんらかのエネルギーを秘めていそうな物体として文房具部門ナンバー1の地位を占めています。カタログをひとたびめくれば、ホッチキスの多様な展開と年々つづけられる技術革新は一目瞭然です。ホッチキスが機関銃の製造開発元から生まれたように、いつの日か必ず「発電ホッチキス」が登場することは疑いないと思われます。

27

ホッチキス

靴こそは、人間の力が無意識にふるわれている最たるものです。毎日の生活に欠かせず、歩くたびに何らかの力を受け、くたびれ、しいたげられているが、けっして文句をいわず、雨にも負けず、風にも負けず、雪にも、夏の歩道の暑さにも耐え、穴があいても踵が取れても、ぐちひとつ言わず外科手術に耐え、小石や泥の道でも従順に人間の足を守り従っているのです。その彼らが発電もできるとなったら！　人間はついに靴に頭があがらなくなり、上ではなく下にあるものこそが偉大なものとなり、それでも靴はけっしておごりたかぶらず、そういうものに私はなりたい、などということもない。こんな謙虚な靴たちが、いまやぞくぞくと歩き出そうとしています。

その靴の下にはいつも、アスファルトで覆われた道がある。ぼくの上に道はない、ぼくの下に道は出来る、と靴はうたい、規則正しくダンスを踊る。アスファルトの下で、うけとめられる響きと振動が、力をたくわえるものにすいこまれ、道はほのかに光り、足もとをささえるでしょう。

29 アスファルト

そして靴たちの先で線路がつづき、上を走る電車の振動に耐えています。線路も靴や道とおなじく謙虚な生き物なのですが、やや特権意識が強い。なぜなら彼らの上を走るのは電車しかなく、都市という場所では、電車という生き物ほど、尊敬をもって遇されているものはいないのだから。

通勤電車

通勤電車の発電、とくに乗客による発電というアイデアは、ポピュラーでトリビアルな発想といえましょう。電気が足りないといわれるまでもなく、乗車率２００パーセントの満員電車では、誰もが一度は、ぎゅうぎゅうと押し合い吊革を引き続ける力で照明のひとつやふたつ、灯せるに違いないと考えたはず。もちろん全員がせっせと足踏みしたとしても、せいぜい動いている間の照明や扇風機をまわす程度にしかならない、という意見はありますが、暗い車内で文庫本を読んで眼を悪くした人にとってみれば、それだけでも十分です。

代替エネルギーの発展とは、代替エネルギー思考の発展です。代替エネルギー思考が身につくと、当然、階段を人間が上り下りすることで位置エネルギーが発生することを念頭におくようになります。節電といって廊下を真っ暗にし、エレベーターの一部を止め、上下三階程度は階段を使えと指示するだけではまだ足りません。階段を上る人間の位置エネルギーをいかに使うか。たとえそれが上司であっても、片思いの相手であっても、いけすかない同僚であっても、エネルギーは平等であり、エネルギーは中立です。

32 階段

すべり台発電は、台にのぼった人間の位置エネルギーを利用可能な形に変換する能力を有します。階段発電をすべり台発電として利用する企業が今後出てくる可能性は非常に高いでしょう。オフィスビルのすべり台発電改造が主要な傾向となれば、洋服屋はすべっても擦りきれない新素材のスーツを新たに売り出し、ビジネス雑誌はかっこよい、貫録あるすべり方について、またセクハラにならない立ち居ふるまいについてレクチャーを開始します。エネルギーがこのような形で利用されるようになれば、江戸時代から明治期にかけて、洋装に転換することによって礼儀作法の一部が変化したように、とてもたくさんのことが変わってくるでしょう。

33

会議の席はつねにある種の緊張が満ち溢れています。たとえばそこでもっとも偉い人間が何かのはずみに怒涛のごとく怒りを表明し、それに対して誰かがとうとうと演説をまくしたて、そこで飛び散る敵意や困惑を恐れ矛先がむいてほしくないとうつむく人々がいる一方、いまこそ一発言ってやりたいと口を挟もうとする者、さらにこんな緊迫した状況でなぜかずっと舟をこいでいる同僚、かれをみつめてはらはらしている自分、といった具合です。これらはそうじて「緊張度発電」の対象となります。緊張度発電では、会議室の空気が緊張をはらんだものになればなるほどより多くエネルギーに変換されます。この発電はまた、その場を一歩離れると、緊張や気まずさはエネルギーに変換されているのであとあと禍根をのこさないという便利なものでもあるのです。

会議 34

これら会議は複合的なエネルギー変換の場となるでしょう。「緊張」だけでなく、たとえば物理的に、節電で空調をおさえた室内ではうちわを使用せざるをえないから、これら会議室設備のうちわにも圧電素子や太陽電池といったマイクロ発電装置が完備され、全員が一斉に仰ぐことで天井の扇風機が回転する、といったことがおきるのです。

36

資料

そしてさらに会議室では、人間の手首、指先、肘、といった複合的運動の結果としての、資料の一斉「ページめくり」が発生します。たしかに資源の節約の観点から、会議資料は簡潔に、薄く、がのぞましい。ですが

「お配りした資料の５１４ページをご覧ください」

などと言われた時、いっせいにページをめくる音が鳴り響く、これをどうにかできないものかと考えるのが、代替エネルギーを思考するということです。重要なのは見過ごされたまま浪費されている力なのです。

いまのところスポーツではこれら見過ごされた力はそのまま空に放たれていますが、代替エネルギーとしてプロスポーツ活動が見出されることに間違いありません。電力消費の牙城として非難されていたスタジアムは、これからの未来においては、エネルギー再利用と発電の最先端実験基地となるでしょう。野球においてはあらゆるバット、ミット、グローブに発電素材がとりつけられ、人間の活動がいかに大きなエネルギーとなるかが証明されるでしょう。広いスタジアムをくまなく走りまわるサッカーは靴や芝生にいかに瞬発的なエネルギーを蓄えるかがためされ、マラソンは長時間における持続的エネルギー発電のテストコースとなり、腕の筋肉活動の象徴のようなカヌーや、人間がとりうる発電動作の原点ともいえる自転車、ジャンプと回転の力が氷の上に炸裂するフィギュアスケート、そして、これらスポーツ全般のサポーターたちの、あの、いつ終わるともつきない応援のエネルギー。ボンボンを振り、巨大なフラッグを振りまわし、いつ果てることなく叫び続け、あげくのはて乱闘すらおこす、このエネルギーをスタジアムにいかに蓄えるか、といったことがくまなく考えられるようになるのです。

37　スポーツ

そしてさらに、ニッポンの国技たる「すもう」スポーツとしては近年、なにかとスキャンダルにまみれているとはいえ、すもうとは、土俵の上で、とても巨大な男たちが、とても巨大な力をもってぶつかりあう戦いであると同時に、もとは神様に捧げる宗教的行事でした。すもうにおいては、土俵の上で巨大な男の巨大な足や手、体が、ぶつかりあう。はっけよい、のこったのこった、という掛け声とともに大きな力が土俵に伝わり空気中を飛び交い、その上を座布団が飛びおひねりが飛ぶ、これらの力をも土俵そして国技館がまるごとすくいとる。そのようにしてニッポンの「すもう」の、新たな道筋がひらかれます。

高いところで、巨大な男たちが巨大な足で足踏みをする音が鳴り響きます。電気を帯びた雲と雲、雲と地面のあいだに電流が流れます。カミナリは帯電した積乱雲つまりカミナリ雲や大地との間に発生する、大規模な火花放電です。光と音を伴うカミナリ放電現象が雷電です。この音は神様が鳴らすものと信じられて「神鳴り」と呼ばれました。カミナリさまの好物はおへそです。稲穂がたつ夏から秋のはじめにかけて落雷が発生すると、放電で空気中の窒素が土に固定されます。稲穂は雷に感光する。だからわれわれは稲妻とよび稲光と呼びました。晴れている空の光は太陽からやってきます。いまのように地球を照らし輝いている状態の太陽は、６３億年くらい続く見込みです。地球は４６億年前にできあがり、最初の生命は４０億年前に生まれ、いまいるような人類の目盛りはだいたい２万年に達したところです。太陽エネルギーは、太陽から太陽光として地球に到達するエネルギーです。太陽が地球を照らすエネルギーは１７京４０００兆ワットで、この数字を何かの形にして東京ドーム

39 雷　太陽　風　波

何個分になるか計算すると、十分気が遠くなれます。このうち半分がありがたくも、わたしが立っているこの地上に到達し、大気や土、海を暖め、しばらく熱などの形で大気圏にとどまり、生き物が活動し、満員電車に乗り、朝顔を育てます。暖められた空気は対流となって地球表面を流れます。風が吹きました。いまも吹いています。風は太陽が空気を暖めつづけるかぎりやむことがありません。風は強くも弱くもなり、人間が知覚できない小さなものを運び、ときに地表の大きな物体を巻き上げ、海の上にある船の帆をおし、ひとは地球の裏側まで旅をする。船は吹く風によって起こる波にのり、船の後ろに引き波が生まれます。水面がつながっていれば、遠くまで伝わってうねりになる。２０１１年3月１１日、地震によって大規模な水の移動がおこり、最大３８メートル以上になる大津波が日本の太平洋沿岸部へ到来しました。

――舞台上が暗くなる。

それではここで、みなさんの手でエネルギーを発生させてみたいと思います。あなたの手をごらんください。（見ましたか？）その手をたたくことにより、振動が発生します。振動で発生する圧力はとても小さいので、電気に変換しようとしても、とても小さなエネルギーにしかなりません。東京ドームで数えることも到底できない大きさです。いま、小さなエネルギーをたくさん集めてみたいと思います。

ではみなさん、手を上げてください。

手をたたきます。

叩いてください。

もっと強く叩いてください。

もっと速く叩いてください。

もっともっと強く。

もっともっと早く。

もっと。

40
振動

41　光

——舞台上が明るくなる。

（終）

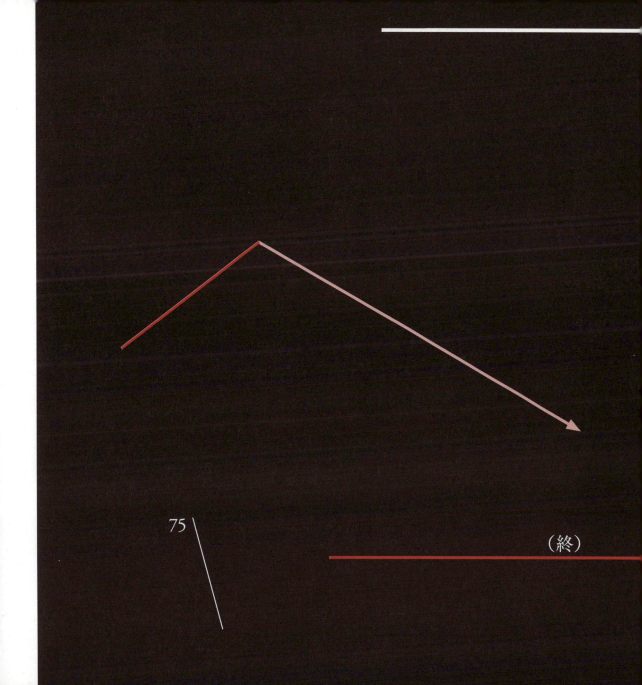

マンダリン・コスモロジー

マンダリン・コスモロジー

その日タンジェリンと名付けた父を打ちあげた
ひざまで上がってきた水につかり
ありあわせの雷管は導火線式しか残っていない
火薬しめってないかな
ポメロが心配した
大丈夫湿ってないよ
キノットがライターで点火した
発射された父はぽん、と音をたてた
翌日みかんの香りのする雨が降りました
母はマンダリンと名付けられとうのむかしに水の底にいます
ひざまで母に覆われていたのに父まで打ち上げなければならなかった
カラタチとバンペイユ、筒を押さえて
ライターの火が導火線に移ったとき、キノットのワイシャツのポケットをとめたクリップがおちた
カラマンシーの指はインキまみれだった
だれが話す、とぶつぶつ言った
だれが語ることができる、と
何を言ってるのかよくわからないのは口内炎だから
ジャバラおまえ言え。
父を打ち上げたのはおまじないのようなものでした
ペンギンが飛ぶと縁起がいいと呼ぶ
そんなもので耐用年数が過ぎています
よくある終わりに刃向って打ち上げてみました、おまじないを
よくある終わりで、小さなモニターで眺められる
公式見解というやつです
ここにいるのは、キノット、ポメロ、カラタチ、バンペイユ、カラマンシー、
黙って立っている黄色いのはユズ

声明を発表しなければみとめてもらえないので、生命だと（笑って）
発明しなくてはならない、持っていないものを
眉をあげて
ユズの髪の毛にチロリアンテープが巻いてあった
ずっと前にプレゼントしたチョコレートの箱のリボン
水がもものあたりまで来ようとしてもチロリアンがうれしかった
ずっとチロリアンはスイスの小人の名前だと思っていた
荒れた環状道路に野良育ちのらっぱ水仙が咲き乱れていた
暗渠の壁にしたたる水はみかんの香りがした
全宇宙の総体を覆う外皮に近づけば近づくほど
みかんの香りがする
葉を落としたニセアカシアの列の終わりから三番目に
黄色い実をつけた樹が一本だけ立っている
どこにいてもユズはそんなふうにみえた
きっとそんなふうだったから、じゃあまた。さようなら。
と立ち去って
救いにでかけたのだと思う
きわまでたどりつくとみかんの香りがする
水に覆われたこの宇宙をかたる理論に名前をつけた
母の名をとった

そして占拠された船に隠れているいま
おわることのないあいさつをかわしている
無重力のジャングルは湿った匂いがする
湿った緑とカラマンシーと硬い葉をもつ木の匂いがする
もぎとった収穫は
血液を流れる水晶で放送を盗んでいる腕の先の
手持ち無沙汰の指に握らせた
砦の地下を潜り堀を越え咲き乱れていた野生のラッパ水仙と
葉を落とした木々のあいだで１本だけ黄色い実をつけた木と
同じ匂いがした
閉じこめられた船のなかでヒーローの条件について話した
強いこと何よりも強いこと
何が何よりも強いのかは誰にわかるのか
恐怖やよろこびより強いものがほんとうにあるのか
あれはまだ
暗渠にいるのではないだろうか
守られた砦の深いところで入り組んでいる
そこからやってきたのだ
守られたくなかった
カラマンシーは。
たぶん朝だった
この占拠された船内で唯一自由な水を口にして
湿った循環する酸素を吸っている
ここにいるのはカラマンシーと

葉を落とした木々のあいだでひとつだけ
黄色い実をつけているようなユズ
はじめて出会った日は
中庭の向こうで
鮮烈な像がくりかえし点滅し
ほんの一瞬歌っていたようにみえたのだった
水のように透明に硬化した腕と
インクのしみがついた白いシャツの手
炭酸水の自動販売機
コインを入れる手がひらめいて
おまえなんて知らないし
何にも思っちゃいないのだと
儀式のように
そのはじまりはずいぶん遠くにいった
いまはたぶん朝だ
あいさつは漢字にしないでくれという
書けないから
口から出てくるあいさつもすべて
こっぱみじんのおまえにおごろう
宇宙がくだけてつぶれても生きのびるように。
そしてぼくらは反撃を開始する
たしかにおまえはいったのだから
いっしょにこの星を出よう
と。

なにもかもが細かい塵で覆われている。三〇センチ先の相手も微粒子でぼんやりしている。人が接近してくる。足音を聞く。かばんが震える。絶対的な丸さを隠す。コールされている。プラスチックをさしこんで聴く。コールを待つ。１９４７年、仕様書を暗記するほど読んで、事態に備えた。たとえば口の上下にあるひだを唇として使うこと。多少自由に動かすことができ、大きくあけたり、すぼめたりすると、声の大きさや音色を調節できる。うまく操作すれば、口笛を吹くことができるはずだが、成功しない。口笛を吹けるかどうかによって生死がきまることもあるのだとガイドにある。うまく操作すればへの字が書ける。うまく操作すれば微笑むこともできるという。肩は腕や翼に接している。まるい関節をもち回転する。引いたり曲げたり伸ばしたりできる。後ろにあまりのびなかったのでいちいち振り向かなくてはならなかった。ひっきりなしに痛み、首より少し下がったところにある。毎日荷物をぶらさげてカモフラージュする。４０００回の回転運動が可能な、耐久性と持続力のある腕。宇宙の中心をもち、すべてのものを生み、膨張し、爆発し、ふたたび還ってくる腰。並んだ脊椎の真ん中辺りに、奇妙な隆起があるが、何も話さない。壁に押しつけてみる。けっして痛いと言わない。コールを待っているとき、代わりに痛いと言ってやることすらある。脚は右の方が長く左の方が短い。指は節が太く、１９７６年に四本目の指の腹に芯を刺した痕が残っている。二本目の指は、１９５２年の接近遭遇で負った傷が化膿し何ヶ月も痛みつづけた。今では皺のよった新しい皮膚で覆われている。毎晩眠る前に皺をかぞえる。髪は針金のように立っている。自立心が強いあまり勝手に離脱するものも多数いる。羽根は頭、肩、背中、腕、くるぶしから生え、無色透明で重さがなく、眼に見えず感じられない。うろこは右の脇腹と膝がしらと太ももの裏側に生えている。光をあてると虹色に輝く。膝がしらのうろこはころんで怪我をしたあとに生えてきた。太ももと脇腹は覚えがない。上前歯のすぐ上でゆっくり確実に伸び、伸びれば伸びるほど先端が鋭くなる硬いものは、暗がりで八重歯と呼ばれたが、牙である。何かと便利である。人にならって、虫牙予防のため、光るまで磨いている。尻尾を骨折したのはいつの接近か、覚えていない。ひっそりと治療した。完全に元通りになるのに一太陽年以上かかり、そのあいだ不自由な生活を強いられた。迫っている危険を感じるのもひと苦労だった。すてきにきれいなまだら模様の尻尾だが、何十年も日陰者の地位に追いやられている。外皮はオレンジとグリーンのグラデーションで美しい。鏡のように磨かれたテーブルや皿に色が映るとウットリして周囲を忘れる。水かきは長年使いこみすぎ、泳ぐのに困るほどすり減ってしまった。バネが胸の真ん中あたりと足の裏に入っている。胸はふだん意識しないが、逃げようと全力疾走したとき恐ろしいほど弾むし、足の裏のバネはとても弱いので一度こけると命取りになりかねない。一番大事なネジは脊椎と頭を留めている首のネジだ。次に大事なネジは脊椎と骨盤を留めているネジだ。頻繁に締め直している。頭の中にもネジがある仕様になっている。締め直しようがない。通信班が内部に張り巡らされたケーブル保守を担当している。通信班の怠慢によって頭と脚をつなぐケーブルが切れるといろいろと支障がおきる。ケーブルは伝達だけでなく、手足を吊ったり、つないだりし、さらに靴ひもになることもある。コールを待つ。接近遭遇に際しては背骨を車軸とする巨大なタイヤを回転させ、現場から殻を背負ったかたつむりのように素早く逃げ出す。胸の中にバネや動力炉のほか、誇りも一緒にいれられている。そういう仕様である。ダンボール箱にたくさんの小さな惑星がカモフラージュされ隠されている。吊り上げ、組み立て、穴に入れる。この地上にほんの少し似たような生き物がいる、それだけを頼りに生きのびる。コールを待っている。ひとりではない。

Cītlallohtihca（星々のあいだに立つ）

そのとき私はキッチンで朝食をつくろうとしていた。冷蔵室から取り出した玉子を持ってきてフライパンを温めようとしたとたん、原子炉かエアロックのどちらかに異常があるらしいがよくわからないとコンピュータが言った。両方を見るために宇宙船の端から端まで行って戻ったが、よくある計器の誤作動のようだった。ナワトル語の動詞 nēmpēhu（十分な理由なしに憂慮の気持ちをもちはじめる）を発音しながらキッチンにもどってくると、調理台に置いたはずの玉子が消えていた。もう一度冷蔵室から玉子をとってきてボウルに割りいれ、かきまわしてフライパンに流しこんだ。ブザーが鳴り、今度は明白に原子炉がおかしいとコンピュータがいうのでフライパンに蓋をして見に行った。燃料棒があるはずのところにみかんがぎっしりつまっていた。何もかもだいなしだ。コンピュータにナワトル語の動詞を百個ずつくりかえせと命じて私はマニュピレータをあやつり、遠隔操縦でみかんを船外に放り出した。Ēltlatlac（人の注意をひくために咳払いをする）とつぶやきながら、注意を引く人はどこにもいないのだが咳払いをし、船窓を眺めた。宇宙空間を浮遊するみかんたちの向こうに、そっくりの色をした丸い点が光っている。何もかもがみかんに見える。するともっと早く襲われるべきパニックがのろのろと襲いかかってきた。燃料棒がみかんだと？　そんなばかな！　サブの原子炉では宇宙船の機能は維持できても推進装置を全速稼働できない。このままだとあの太陽にどんどん引き寄せられてしまう！　一刻も早くＳＯＳを打つべきだがオムレツを食べるためキッチンに戻った。フライパンの蓋をあけると中には黄色いものがあったが、オムレツではなくみかんになっていた。すでに下半分が焼きみかんになっている。コンピュータが四二個目のナワトル語動詞 Camacāhu（口から物を落とす）の3回目をつぶやいていた。最近やや閉所恐怖症気味だった。私ではなくコンピュータがだ。誰かが私をかついでいるか、夢をみているに違いないと私は推測した。そもそもどうして燃料棒があるところにみかんが入っていなければならないのか。燃料棒はどこに行ったのか。みかんは放射性みかんになったのか。調理台をみると最初に玉子をおいたはずの場所にみかんがあった。ブルブルふるえている。よくみるとふるえているのではなかった。輪郭がはっきりしないのだ。このみかんはそこにあったりなかったりしているようだ。コンピュータが閉所恐怖のパニックを起こす前にふるえるみかんと燃料棒みかんについて考察させた。その間にも船はどんどん太陽に近づいていった。こうなる前から果物のような色をしている太陽だと思っていたが、実際近づけば近づくほどみかん色をしていて、近づけば近づくほど、やや扁平な形といい、なめらかな黄色といい、みかんそっくりだった。いや、みかんそのものだった。Cācohcoztic（黄色い動物の足）ならぬ黄色いみかんの星だ。調理台の上のみかんの輪郭が鮮やかになったかと思うと、そいつを押しのけて輪郭がふるえるみかんがあらわれた。発作寸前のコンピュータをなだめながら生きている計器を使って調査と計算をくりかえし、いまやどんどん近くなっているみかん太陽の周囲の空間でのみこの奇妙な現象が引き起こされていると推測した。調理台がみかん発生器になっているばかりでなく、この船のあらゆるものがみかん変換をおこしている、いつかこの船自体もみかん変換されかねない、といった推測も行われた。もしかしたら mōztlati（翌日まで生きのびる）のもあやうい。まずいことにここでコンピュータが完全に発作を起こし、ひたすら huehpōlhuiā（義兄・義弟と恋をする）としか言わなくなってしまった。とりいそぎ朝食代わりに調理台の上のみかんを食べ、黄色くなりかけた紙と鉛筆で手計算を行って深刻に考えたが、一時間ほどでとにかくみかんをむくしかないという結論に達した。いまやあのみかん、いや太陽の周囲を、衛星のように無数のみかんが回っているのが見える位置まで接近していた。そこには私の原子炉の燃料棒だったみかんもあるだろうが、かつて宇宙船だったみかんもあるにちがいなかった。私はみかんをむきはじめた。最初は中身をジューサーにほうりこんだり時々食べたりしていたが、じきに、こんなありさまでは柑皮症になってしまうと気がつき、むかれみかんは片端からエアロックにほうりこんで、一定量貯まったら船外へ放出されるよう調整した。いまやあらゆるものがみかん変換されつつあったから、ふだんならありえないこんなぜいたくも許されたのだし、それにふしぎと、船外へ放出したむかれみかんは、あの太陽に落ちて行くことなく、むしろ避けるように離れて行ったのである。その光景に勇気を得て私はみかんをむきつづけた。Cemihcacāyōlīhuayān（永遠の生命の地）、とつぶやきながら、最初はふつうにヘタないし尻からむいていたが、十五分もすると飽きてしまい、ほかの方法を考え始めた。すぐにみかんはいろいろなやりかたでむけるということがわかった。手やナイフでむくだけでなく、皮むき器、エンピツ削りという道具も使えたし、あらかじめマジックペンで線を引いてからむくことで、つながった状態でいろいろなものをむくことができるとわかった。単純な球面の問題にすぎないのだ。私はまずヘビをむき、イヌをむき、ウサギ、トラ、タヌキ、シカ、おもいつくかぎりの動物をむいてから植物にとりかかり、自分の知っている限りの花々、木の実、草、キノコをむいた。万能ナイフをむき、レンチをむき、ドライバーをむき、ロケットをむき、宇宙船をむいた。船内のあらゆるものはみかんの香りでむせかえらんばかりだった。宇宙の総体を覆う外皮に近づけば近づくほど、みかんの香りがする。そのころには私は船内にあるみかんの大きさに飽きはじめ、あのみかんそっくりの太陽をむきたい、という欲望をおさえようもなく感じていた。みかんをむくのだ！　気がつくと、私の船はむかれみかんを噴射しながら、みかん太陽の力場からゆっくりと離れはじめていた。コンピュータがいまだに huehpōlhuiā とつぶやいている。chāhu（道ならぬ関係にある人）とは手を切れと説教したが、聞いていたかどうかあやしい。船内にもうみかんはあらわれず、残りのみかんの残骸はジュースにして貯蔵した。こうして私はみかん宇宙から脱出したのである。

ハンド

中庭に自分の名まえがつけられた木があった
それとも木の名まえが自分の名まえだったのだろうか
影のように息をして
だまってみずからをつくって
たまにくたびれた
ぼくたちの夕暮れのあと雨が降る
世界はみかんの木である
枝に実るみかんひとつひとつが宇宙である
かつて大きな手がこれらの宇宙の外皮から
ありとあらゆる生き物を形づくった
果汁は雨となってふりそそぎ
落ちた種から時間が生じた
雨がおちる場所で
けっして錆びない大きな手が
ぼんやりしている
行くの、ときいたら
行くよ、とこたえた
どこに、ときいてから
何色なの、ときき
もっとたくさんのことをきいた
右と左はどちらが好きか
好きな時間はいつか
どんな音が聴こえるか。
大きな手が、
いったいおまえは何を知りたいの、と
髪の毛をくしゃくしゃにしたら
真理だろ
べつの声がこたえた、からかうように
だからムッとして走ったのだ
世界もひとつの宇宙であり
収穫のときを待っている
固い皮に包まれて守られているが
時は迫って
この世界の外皮を剥こうとしているのは
もっと大きな手
大きな大きな手だ
ねえ

ききたいことはたくさんあるから
こたえてくれないだろうか

あなたは誰？
誰をえらぶの？
どうして生まれてきたの？
死んだらどうなるの？
やりのこしていることは何？
信じているものは？
目のまえにいる人が好き？
どこから来るの？
どこにいたの？
はじめて見たものは何？
カスタネットを持つのはどちら？
どのくらいの高さで？
走ったのはいつ？
どんな足をしてた？
どこへ行きたかった？

水はかすかにみかんの香りがする
小さくてきらきらしてうごくものだ

地上

アンダーグラウンド・テレビジョン

地上で起きた出来事はぜんぶテレビが放送する
ここの夜はテレビが人気だ
話題の事件のチャンネルはことさらで
話題の事件の当人がいれば
さらに拍手喝采でもりあがる
地上の記者会見にうつるのは
ソファに座ったあの子の父や
テーブルに肘をつく女のひとの母だが
記者会見だけではない
地上ではニュースにならない出来事まで
すべてこのテレビにうつっている
順番にすきなチャンネルへかえて
じぶんの知りたいものごとをさがす

チャンネル争いは勃発しない
えんま様によるとここは
自殺したひとだけの地獄だから
殺しあったもの同士が出会うこともなく
地獄のなかではいちばん平和なのだ
快適なこの部屋にみんなであつまりテレビをみる
地獄のリビングルームにテレビセットがあるなんて
完璧に首を吊るまで
だれもしらないこと

地上の人々にはひみつだ
ぜんぶここからみている

川をわたって木立のなかへ
そこにみんながいるだろう

佐々木さんは非常階段の人だった。
佐々木さんの人生は非常階段に凝縮され、記録された。
山口さんはエレベーターの人だった。
山口さんの人生はエレベーターに凝縮され、記録された。
佐藤さんはエスカレーターの人だった。
佐藤さんの人生はエスカレーターに凝縮され、記録された。
鈴木さんは表階段の人だった。
鈴木さんの人生は表階段に凝縮され、記録された。
肉の層を火が食べたあと、凝縮されたかたいものが残る。

佐々木さんは鈴木さんのいとこだが、非常階段の人の沽券にかかわると、表階段に足をむけなかったので、鈴木さんが佐々木さんをしることはなかった。
佐々木さんは非常階段の人なので、エレベーターを憎んでいた。歩かなくても上にのぼってしまうエレベーターは非常階段の天敵だから、佐々木さんにとって山口さんは敵だった。いちど佐々木さんがエレベーターで飛んだり跳ねたりしたので、山口さんにとって佐々木さんは敵だった。ふたりは憎みあっていた。

エスカレーターに対する佐々木さんのきもちは複雑だった。のぼらなくても上にあがるという点でエスカレーターは階段の邪道だと、佐々木さんの右側は主張した。それでもエスカレーターは階段なのだと、佐々木さんの左側は主張した。佐々木さんの前面は、エスカレーターを歩く佐藤さんの脚に魅せられ一歩を踏み出そうとした。佐々木さんの後面は、エスカレーターを歩いてはいけないと主張した。「みんなで手すりにつかまろう」。

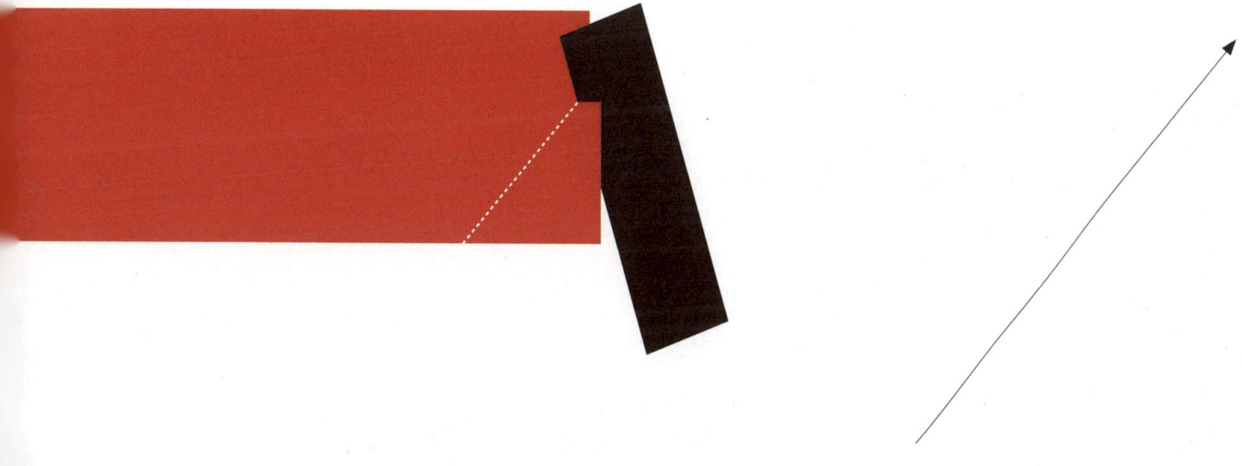

エスカレーターへのほのかな恋は非常階段の人の自己同一性に衝突する。佐々木さんは苦悩につつまれた。

川のむこうはみんなでいっぱいだ。山田さん（横断歩道の人）。伊藤さん（歩道橋の人）。藤井さん（踊り場の人）。田中さん（動く歩道の人）。みんなの恋も愛も憎しみもやさしさも、固定長の長さに凝縮され、記録されて鎖になった。みんなが競争で鎖をつなぐ。いつか星にかわるくらい長くなる。みんな鎖のつよさを信じている。あなたの失敗も成功も失望もよろこびも、ひとつのかたまりに凝縮され、鍵をかけて保管される。みんなが固定長で記録されたかたまりとなる。記録、鍵、ゆりかごになる。あたらしい鍵をみつけるために、せーのでいっせいにまぐれあたりをさがす。アタリをひけば佐々木さんも佐藤さんも山口さんも一瞬でよみがえり、きもちをかわし、憎みあう。ハズレがつづくと鎖はとまり、ふらふらと宙をさまよい、いつかただの墓になる。ぜったいにアタリをひけ。
みんなの鎖は永遠にのばすべきだ。
みんなの鎖は永遠にのびるはずだ。
きっとみんなの鎖はのびつづけるだろう。
宇宙がおわるときまで、みんな川のむこうにいる。

みんなをおぼえているよ、とみんながいう。みんなをおぼえつづけるために記録をつなぐ。失敗すれば砕けた鎖の星がふる。とおくから星がふるときは、みんなをめがけて、みんなが降りしきる。あたって砕け、砕けつづける。もう夕暮れで、山口さんのエレベーターがほのあかるい海中塔にしずみ、海藻をつつくさかなたちが、海のふかいほうへおりていく。砂漠のような波のレリーフが刻まれた地層を佐々木さんの非常階段が這いながらのびる。急角度で見おろしたさきに船着き場と釣り人。そこへつうじる表階段はとてもとおい。優雅に手すりをつかみながら鈴木さんが階段をのぼる。佐々木さんの岸壁の道は木のトンネルと岩のトンネルにつづいている。くぐるとエスカレーターの銀色がひかる。小川のように一方向へながれつつ、にぶい輝きを放っている。

みんなトンネルをとおってこなければならなかった（だから佐々木さんは佐藤さんに出会えた）。くらいトンネルの出口ではいちばんに「でた！」といわなければならない。遅れたほうが負け。トンネルにはいれば、息をとめて前にむき、地平にあかるい口がひらくまでずっと前をみつめているのだ。いま、トンネルを飛び出す、その瞬間に「でた！」と叫ぶ。でた！　でた！　でた！

デタ！　デタ！　デタ！デ、タ！　タ！　タ！　タ、タタ、タタタタタ・・・

岸壁の突端で鐘が鳴る。
いつか飛び降りるならこの海がいい。
非常階段に波がうちつけ、はなびらが砕けちる。

いぬのせなか座／座談会 5

『地上で起きた出来事はぜんぶここからみている』をめぐって

2017/05/21 ⟶ 2017/07/02

鈴木一平
なまけ
山本浩貴＋h

詩（集）にとってデザイン／レイアウトとは何か？

山本　小説や詩など、主に言語表現の実作者である私らは、2015年5月に、いぬのせなか座という集団を立ち上げました。言語表現を基軸に置きつつも、そこで使用・発達する技術を、絵画や映画、踊り、写真、デザインなどの技術と翻訳関係に置き、さまざまな角度・身体から、私の死後に向けた教育の可能性をなるべく日常的に考えつづけていくことを第一の目的として、これまで、雑誌とも単行本とも言い難い書物『いぬのせなか座』を、2017年5月現在、2号まで刊行してきました。いまこうして始められた、「座談会」という形式（インターネット上のサービス「Google Drive」を用いて相互にばらばらに書き込み・書き直しを行なっていく対話のスタイル）で書かれたテキストを軸に、メンバーの論考や作品が飛び交う空間を提示する——あるいはその空間を作る時間をメンバー全員の思考に強いる——かたちで試みてきたわけですが、それと並行して、2016年11月より、特定の個人＝制作者名を冠する書物を制作するプロジェクト「いぬのせなか座叢書」をはじめたのでした。

ある時には自分たちが一から作ったテキストをもとに……ある時には外部の方のテキストをもとに……デザイン・編集し、一冊の書物として流通させる。その過程で出てきた発見や技術や理論、あるいは完成した書物そのものを、ひとつの道具・手立てとして、次の制作や発明につなげていく。そのようなかたちでの、長く密度の濃い共同制作を、実践的に考えてみる。叢書第一弾としては、いぬのせなか座メンバーである鈴木一平の詩集『灰と家』を、テキスト・デザイン含め一から制作しました。そして今回、「いぬのせなか座叢書」第二弾として刊行する河野聡子さんの詩集『地上で起きた出来事はぜんぶここからみている』は、詩を中心に共同制作やデザインやパフォーマンスなど幅広く凝縮した活動を長く行われているユニット「TOLTA」代表の河野さんによって書かれた詩作品群

のテキストをもとに、山本浩貴＋ｈが編集・デザインを担い、制作するものです。もちろん、山本浩貴＋ｈが単独（2人だけ）でそれを行なったというよりは、いぬのせなか座内での議論や試行錯誤がその最中に食い込んできていたことは言うまでもありません。

さて、今回、いぬのせなか座としては5回目となる「座談会」を、『地上で起きた出来事はぜんぶここからみている』をめぐるものとしてはじめたのは、初めて外部の方のテキストをベースにして制作した書物＝詩集を、（当たり前だが）ただ作って終わりにしないこと——この詩集を手に取ったいつかどこかの誰かが、それを、よりよい自らの生や思考や制作に向けての道具として十全かつ高速に使用できるような手がかりを、いくつもの視点から残しておくこと——のためだと考えています。だから、（これはいぬのせなか座がいつも基礎においていることですが）作品を作るのが目的や終着点なのではなく、ひとつの引き伸ばされたプロジェクトのようなかたちとして、個々人が自分ならこの詩集をどう使うか、その作品内部でいったんは閉じられた技術を、最善の形で抽出・改変するにはどうすればいいか、そして次なる制作をどう生じさせるべきなのか。そういった探索・検討・制作をめぐる思考と議論の軌跡を——もちろんあくまで一例として、しかし徹底して繰り返し作品に対して行なわれる泥沼のような対話・分析の積み重ねとして——記しておければと思います。

まず、ぼくは直に制作者の一人なので少し話しづらいのですが、河野さんのテキストから得られたデザイン・編集の大枠のコンセプトを軽く提示しておくことで、議論のとっかかりとして使っていただきたい。

私らが今回、河野さんのテキストを前にして、一冊の書物をデザインしていくなかで最も強く意識したのは、詩集のタイトル『地上で起きた出来事はぜんぶここからみている』にも記されてあるような「ここ」というものを、詩集においていかに制作・思考するか、という問題でした。

いぬのせなか座はこれまで言語表現に対して、「個々のテキストにはテキストを制作した主体（当然、書き手とはイコールで結ばれない）の思考と、それを取り囲み規定している環境が、埋め込まれている……そして詩や小説は、それら〈私＋環境〉をどう並べるか、そのレイアウトの論理こそを試行錯誤し作り出している」という考え方を、基本としてとってきたように思います。レイアウトの思考（そのための試行錯誤としての、書き直しや編集）こそが言語表現の肝であり、ゆえに言語表現は言語（だけ）で作られているわけでは決してない……もっと抽象的な次元の操作こそが主たる素材である……そう考えたとき、無数の問題の結節点としてひとつ、言葉の配置される場所、つまりは（言葉に埋め込まれた〈私＋環境〉らにとっての）「ここ」が、いつ、どのように、いくつあるのか、そしてそれらはどんなしかたで相互に関係しあっているのか、といった問題が浮かび上がってくる。

当然いま言うところの「ここ」とは、個々の作品や書物全体が浮かび上がらせる地・主観性として、例えば小説では主に、物語や舞台や登場人物の単位で考えられたりするものであり、実作においては、なによりそれらを創発するテキスト（文章の構成や細部）のレベルで操作されるのが基本でしょう。ごく単純に、文章をどう書くか、です。しかし同時に、そのテキストレベルの操作のなかに、個々の文字の間の距離や反復の試行錯誤あるいは必然性の設定、（散文に特徴的な

システマティックな）改行操作などが含まれている以上、テキストがどのような紙面（デザイン）において提示されるかに関する操作が、〈私＋環境〉のレイアウトに明確に食い込んでくることは避けられない。特に自由詩という表現形式の場合、その分量の短さや、改行の自由度の高さ、安定したひとつの地を冗長に持続させる必要の無さなどによって、問題はより過剰にあらわれる。小説において、あるテキストが、ある人物の発言として（鍵括弧に括られ）記されているその必然性として用意されていたもの（物語、人物設定、場面進行……等）が、自由詩の場合、紙面の表面に露呈してしまう。脳みその回路がどろっと外に出ているようなものです。ゆえに詩集のデザインは、〈言葉が読まれ書かれることを可能にしている基底となる場〉、〈作品を作品たらしめている必然性（この作品がこのようなものとして制作されたことの根拠）〉の操作にまで、なまに結びつかざるを得ない。逆に言えば、色や形が文字と平等に拮抗する可能性が、脳みその回路の設計として開かれている。

今回の編集・デザインにおいて、「ここ」をめぐる試行錯誤は、たとえば、システマティックな改行によってその輪郭をかたどられるテキストボックスの枠への意識……枠を固定することで、そこに収まる内容物＝文字の大きさの伸縮を扱ったり（ex.「代替エネルギー推進デモ」）、逆にそのようなテキストボックスの枠からの特定行のはみ出しを作り出したり（ex.「Cītlallohtihca（星々のあいだに立つ）」）……や、見開き単位でなされる作品展開、それによって可能となった見開き間のデザインの引き継ぎ・相互干渉・逸脱、などによって主になされた（ように自らは感じている）。それらはどれも、もともとの河野さんの詩作品（テキスト）には含まれていなかった要素です。今回の詩集でいくつかの連に分かれているようにデザインされている詩も、そのうちのいくらかは、デザインの段階で私らが連を勝手に切り分け、配置していったものであり、それらが上手くいったのかどうか、そもそも私らの問題設定が正確なのかどうか（有意義なものかどうか）は、もちろん時間をかけて議論すべきことです。ただ、私らが、河野聡子さんの今回の詩を、いくつもの「ここ」をめぐるもの、さらにはそのような「ここ」らがいくつも相容れないかたちで並べられたときにそれらを相容れないまま同居させるためのレイアウトの論理を試行／思考するものとして読み、ゆえにさらにそれら詩作品を並べ束ねるところの書物のデザインは、〈「ここ」が「ここ」であること〉——複数の相容れない〈私＋環境〉らが、土地の座標や魂のように、ある持続を経由しつつ行き交いお互い不確かに従属しあうなかで、具象に還元されない不変項として浮かび上がってくる抽象的かつ共同的な場／日常的行為から抽出される特殊な翻訳関係としての代替エネルギー／単一の「ここ」を多層的で厚みのある交通空間たる「ここ」として成り立たせる何か——を制作操作するための技術にむかう一連の過程を構成していくと同時に、そのような、探索・発達・教育の過程を、十分に支え加速させられるようなグラウンド（運動場？）としても整備されなければならないと、考えていた（考えさせられていた）ことは、確かです。

鈴木　見開きの維持は、『灰と家』の制作においても問題になりました（というより、ぼくが見開きのなかに作品が収まるよう山本さんに絶えず要求しつづけたのですが）。とはいえ、『灰と家』は見開きひとつを作品の基本単位に据えていたので、今回の『地上で起き

た出来事はぜんぶここからみている』における見開きの問題は、それとはまた話がちがうのかもしれません。

他者への情報伝達を主要な目的に据える言語にとって、文字や音声といった構成要素は常にその伝達機能を阻害してしまう要因であり続けるわけですが、詩はそうした伝達の媒体でありノイズでもある音声的側面や文字の物質性、いわば言語の非言語性を過剰に使用するジャンルです。つまり、言語によって表示される情報を包囲するさまざまな要素を再度意識化し、それらが新たな情報のネットワークを形成するよう配置しなおすことで、言語の使用方法（と、それを使用する私たち）を言語の外に向けて拡張することが詩の射程であるわけですが、レイアウトの問題はその意味で絶えず検討を迫られるべきものです。それは行の配置に特権的な注目が集まる類の作品に限った話ではなく、権利上すべての詩作品で問題化されるものでしょう。なぜこのタイミングで改行が起こり、べつの場所では句読点が打たれているのか。なぜここに空白が置かれているのか。なぜこの行はこの文字数なのか……。

それを踏まえて、『地上で起きた出来事はぜんぶここからみている』において見開きの維持をデザインの主眼に置いたことについては、収録作のいくつかが言語の非言語的側面を利用した時間の同期性および非同期性、同時性をモチーフとして共有している点でまずひとつ、重要な視点であるとおもいます。たとえば冒頭の作品「紙飛行機」では、《五時。》と示される1行目、続く2行目の《そして五時がきて》で、《五時》が2度使用されていますが、この反復は《スーパーのレジをアフリカが通過する》という記述を経由して、《五時のスーパー》《五時のアフリカ》と、異なる2つの場所における時刻としてそれぞれの場所に割り当てられます（《スーパー》がどこの国のスーパーかは明文化されていませんが、スーパーにいる《わたし》は《アフリカ》のややステレオタイプなイメージを夢みているので、少なくとも《アフリカ》と標準時を共有していない国にいるのではないかと想像できます）。つまり、《五時。》と《そして五時がきて》、それぞれにおける《五時》は、同一語でありながらそれが適用される場所の差異として位置付けられる。そして、《五時》の併置は2つの場所の同期を意味するのではなくそれらの時差、つまり《スーパー》と《アフリカ》における標準時の差として、異なる場所のあいだの非同期性を意味しています。しかし、一方では単なる非同期性には回収できないねじれが併置によってもたらされてもいます。というのも、《スーパー》と《アフリカ》の非同期的な時間のありようは、標準時をもとに計算される時間の差異であり、詩を読む過程においては遅れて把握されるものなので、語としては完全に同一の意味である《五時》とそれぞれの時刻が表現されると、むしろ時差を折り畳むようなかたちで両者の同時性が知覚されるからです。いわば、《五時》は異なる場所に配分された相互に異なる時間であると同時に、語としての同一性を通して2つの異なる時間を同期させているわけですね。こうして、くり返し帰属先を変えながら反復される《五時》は、時空を越えた変換子として異なる時間・場所に位置する対象同士を同期させ、交流させていく。本作品はグローバルな語彙が頻出する作品なので、これらをひとつの見開きのなかで読むことで、「地上」（というより「地球上」）を見下ろす「ここ」＝読み手の視点が特に意識化されるのではないかとおもいます。

別の作品も見てみましょう。「クマの森」では、浦

島太郎のように異なる時間同士を直列させる記述があり、一方でそれに対する見開きはより強く作品の鑑賞体験に食い込むように設計されています。冒頭の《ぼくが三日生きるあいだきみは八十九年としをとる》は、紙面上ではこれだけ左ページ下部にポンと置かれていて、それから右ページの頭に《八十九年のあいだに／ヒトはクマになりクマはヒトになる》という、先ほどのものと似たような構造を持った行が続きますが、これは右ページに後続する展開を引き連れて押し込められているので、結果として冒頭の１行が強調され、続く２・３行目は後続の展開に埋め込まれるように弱められています。つまり、このレイアウトは２つの論理の提示に強弱をつけ、強められる左ページの論理を右ページの《ヒト》と《クマ》の変換操作の基調として、またクライマックスにおける《ぼく》と《きみ》の再会を強く印象づけるものとして主題化する。それに加えて、右ページ・左ページという分節への知覚は両者を対照させる読みも可能にさせています。この対をもとに作品を読むと、左ページにおける《三日》と《八十九年》の差異において圧縮されていた時間の解凍結果としての右ページの時間的過程という構造が見開きに持ち込まれ、線的に読まれる詩の時間にさらに別の時間が上塗りされる。要するに、《三日》と《八十九年》の対が両ページの文量と呼応関係において二重に強められるわけです。

こうして、レイアウトは単なる進行上のアクセントや見栄えの問題を越えて、作品内部に張り巡らされた論理そのものと関わり合い、ひいては作品内論理の更新さえ引き起こすものとして考えることができます。これは過去の座談会でも実際の作品を引きながら話したことですが……「雑誌で見たときと詩集で編まれたときで作品に対する印象が変わる」というありふれた知覚体験は、固有の言語態をもつ制作者の言語操作を連続して経験することによって生じるものであるのはもちろんですが、なによりも掲載誌と詩集とがもつレイアウトのわずかな差異が、鑑賞体験の組織化になんらかのかたちで介入することで起こる、作品それ自体の生成変化なのでしょう。

「ここ」に降り注ぐ過剰なままの従属と、〈見ること〉のチューニングによる共同体

なまけ　ふたりの話で上がっていた「ここ」について考えるために、『地上で起きた出来事はぜんぶここからみている』を構成する４つのパートのうち、４つ目の「地上」について細かく見ていくところからはじめたいと思います。ここでは、３つ目のパート「マンダリン・コスモロジー」において展開された宇宙の詩編＝紙片が、「地上」という語句へと圧縮され、また、それらの宇宙を見て／読んでいる（詩編＝紙片の手前にいる）私たちとは別の、異なる身体がアンダーグラウンド＝紙面の奥から折り返して「ここ」に立ちあらわれる、そんな構成になっているように思いました。

まず「地上」パートの１つ目の詩「アンダーグラウンド・テレビジョン」ですが、この詩では「地上のテレビ」と「ここ＝地下のテレビ」という構図を使用して〈見ること〉の形式が変形させられています。《地上の記者会見にうつるのは／ソファに座ったあの子の

父や／テーブルに肘をつく女のひとの母だが》という一節には、テレビを見ている手前（テレビのそと）の人間と、テレビに映っている向こう側（テレビのなか）の人間が描かれています。《ここの夜はテレビが人気だ》と言うときの《ここ》の《テレビ》は、たとえば記者会見のような《話題の事件》を映すものであると同時に、その記者会見にのぞむ「話題の当人」を映すテレビ番組を家のリビングで見ている人びとのようすを映すものでもあります。

さらにそこには、それらの《地上で起きた出来事》を地下のテレビをとおして見ている何者かの目があります。地下のテレビというものを、地上のテレビと異なるものとして描くことで、テレビを通して見るというような、一方向的で短絡的で矮小化してしまいがちな〈見ること〉を、テレビに映る側とテレビを見る側を同時に見るというように、テレビを媒介にして双方向からの情報を接続させるインターフェースととらえ、それらをつねに見ている第三項というものを置くことで、〈見ること〉のなかに死者（《えんま様によるとここは／自殺したひとだけの地獄だから》）を導いている。テレビはまるで地上の出来事を撮影する主体のようでもあります。

《地上ではニュースにならない出来事まで／すべてこのテレビにうつっている》とされ《快適なこの部屋にみんなであつまりテレビをみる／地獄のリビングルームにテレビセットがあるなんて／完璧に首を吊るまで／だれもしらないこと》と書かれるとき、『地上で起きた出来事はぜんぶここからみている』のこれまでの詩を読んできた「ここ」＝紙面の手前で生きる私たちの目が、紙面の上で、「地獄」＝死者の目と重なり合う。

ふだん私たちは地上にいて、そこから宇宙を見たり地獄を想像したりするわけですが、《ここ》では《テレビ》を通してしか《地上》を知ることはできない、つまり事件を放送することの以前に対象を撮影し編集しているはずのテレビが、編集しないままで地上で起きた出来事をすべてそのまま地下に流していく。もちろんすべての番組を見ることはできないので、《順番にすきなチャンネルへかえて／じぶんの知りたいものごとをさがす》。昔のテレビ（ダイヤルを回してチャンネル＝各放送局に割り当てられた周波数帯域に合うよう受信機を調節する）を考えれば、「ここ」における編集は〈チューニング〉に該当するかと思います。

地上ではあらゆることが起きている。それらの出来事を、私たちの目＝地獄のテレビが対象に合わせて〈チューニング〉されることで、私たちは見たいものを見ることができている（《順番にすきなチャンネルへかえて／じぶんの知りたいものごとをさがす》）。そこに死者の目を差し挟むことで、〈見ること〉は同時に〈見られること〉をはらむかたちになる。

山本　なるほど。一見するとこの詩となまけの読みからは、世界が地上と地獄に二層化した上で、地上に関しては、その編成可能性が、身体など固有の条件に縛られないものとして生み出される、というようなモデルが浮かび上がりますね。すべてを一挙に知覚する神の視点が生まれるのではなく、Google Map のような、知覚可能性の生み出しなので、身体的拘束はないけれど、どこをどのようにたどるべきか、その順序の論理は必要になってくるような視点。同時にまた、なまけは「地上ではあらゆることが起きている」と言うけれど、あらゆることは地上では決して起きえないので(地上を瞬時にくまなく探せたとしても、宙に浮いている人や、生きている死者は、おそらくなかなかみつけら

れないでしょう)、そこでもなんらかの制限は受けている。そしてさらに言えば、地上の出来事を見ることはできるがこちらから行為によって働きかけることはできない。地獄は地獄として世界があり、そこでも身体や歴史性(地上で自殺したという過去)はある。

こうして考えていくと、ますますGoogle Mapや、あるいは鑑賞者が容易に手を加えることはできないが見方は多様であるような「作品」に対する視点のようなものが想定されますが、とはいえ問題をもっと整理してみましょう。①この詩を読んでいる人のおそらくはほぼ大半が、死者ではなく生者である。②ゆえに《地上の人々にはひみつだ》という言葉は、常にこちらが見られているという感覚の開示こそを作るだろう。③さらに地獄で地上の出来事をチューニング=レイアウトしている者たちはいずれも自殺者であるため、互いに地上で殺しあったりした関係性にはなく、地上での歴史性(地上から地獄への移行理由)が周囲の存在との関係性にまで波及せずに徹底して個の内側におさまっていると考えられる。④結果として、地上を見つめているであろう無数の地獄の目は、地上で抱えていた各々の〈私〉の運命、自らの死を望むかたちで使用された自由というものを、地獄においては救済できない(自らの死を加害者と被害者との間で和解するなどして解消したり、自分の自由は別にあったが偶然の事故がそれを妨げた、などといった逃道を設けることができない)。今は行為によっては干渉できない地上での出来事のチューニング=レイアウトによってしか、私の存在の持続の必然性や新たな行為を紡ぐ可能性がもたらされえない状態となっているような視線である。……こんな感じでしょうか。

つまり、こうした、異様な閉ざされの中でこちら側を編集しつづけてくる視線に無数にさらされているなかでの(地上の)生というものを、どう考えるか、という問いが、提示されている。そんなふうに考えていくと、その都度その都度の時空間に属する〈私〉の視点でも、あるいはあらゆるものが知覚可能で、なおかつどのように編集することも可能な(なんの拘束も必然性もない、自由に満ちた編集が可能な)神の視点でもない、〈私〉という拘束=呪いに満ちたレイアウトの視点(とそれに曝されつづけているこの地上、ないしはこの身体に属しつづけている〈私〉の生)のようなものが浮かび上がってくるように感じるのですが、どうでしょう。

鈴木　《テレビ》が置かれている場所とその様態から地上・地獄の非対称性を考え、そこからテレビを「みる」死者の視点に詩を「みる」私たちの視点が感染するという過程と、この作品で描かれる地上の生への干渉不可能性が逆説的に死者の視点に対する私たちの干渉不可能性をあらわすという構図が読み取れたわけですね。

山本　うん、それに加えて、記憶や想像に満ちた私の魂(持続)と、個々の瞬間の断片的な私のあいだの関係性の顕在化、ですね。いまこの瞬間の私を見つめる、別の場所や過去の私の視線を、意識すること。私の行為は、過去や未来を含めた私の持続=魂(それはもしかしたらこの私がそこに属さない、まったく無関係の死者の魂かもしれない)からの直接的干渉は受けないが、なんらかの仕方で従属してもいる——そんな、能動受動の狭間に大きな距離を含み込み相互に反転を繰り返すようなかたちで成される〈自由〉の下での、いまこの瞬間の私の行為は、いくつもの〈私の持続=魂〉を一挙に救済し、自死というかたちで妨げられ機能不全に陥った〈自由〉を回復させるような、新たなチュー

ニング＝レイアウトをもたらすかもしれない。わかりにくいかもしれませんが、私たちが生きるこの地上にそのような非干渉の従属のネットワークが、自閉した〈私が私であること〉の内的持続力をもとに張り巡らされているというモデルを読み取ることは可能と思います。それはレイアウトの話であると同時に、ある言葉を読むときに遠く離れた別の言葉を意識しながら読むというような、詩の内部での従属関係の論理でもあり、さらには一種の共同体のモデルでもあるはずです。

なまけ　詩の言語における〈自由〉とは、過剰さをまぬがれたかたちでの、単語やイメージレベルでのある程度の〈自由〉な接続＝チューニングであり、そのたびごとに更新される私の読み＝身振りこそが私の持続であり魂である、ということでしょうか。

山本　過剰さはまぬがれるというよりむしろ、単純な個体による圧縮は受けずに過剰なまま降り注ぐでしょう。あらゆる行為は身体と環境の物理的接触によって定められている、というように。しかしそれでも内的に自由が確保されうる地点がありうる。それは、遠く離れたものを自己（の分身）と見ながらそのあいだの距離の編み方を自らの所持するものとすることで、〈私＋環境〉の掛け合わせの仕方として浮かび上がるような〈自由〉だ、というはなしを前回の座談会（『座談会 4』2017 年 5 月発行）でしました。それは、もともと、言葉とは環境の掛け合わせである、という考え方から発展させたものでしたが、今回はそれをあらためて言葉の表現である詩に向けて展開した形です。「そのたびごとに更新される私の読み＝身振りこそが私の持続であり魂である」というのは、確かにそう。因果が反転しているようですが、その反転が重要でしょう。

全体の多元化可能性
統合はどこにあり、あるいはどのように裂かれているのか？

鈴木　〈私＋環境〉の行為としてある言葉は、紙面にそのつど書き足され、書き直されていくなかで、制作者である私を包囲する環境の一部として立ち上がり、私の行為の可能性に過去の〈私＋環境〉を重ね合わせるとも言えるんですかね。であれば、ここで環境の側に埋め込まれた過去の私を現在の私はどの程度抱えるのでしょうか。たとえば、私は過去の私がどのような環境と行為を切り結び、その言葉を書き加えたのかわからないという事態もありえるのかもしれません。そうなると、言葉や記憶はいくらかの度合いで過去（ないしは、いまここではない地点に関する情報）を切り詰めてしまうので、過去の私と現在の私とのあいだにギャップが生まれることになります。このギャップは過去の私と現在の私の関係を部分的なものに留まらせると同時に、詩作品の制作においてはこのギャップ自体が言葉の物質性が抱え込む要素の一部に計上される。前に座談会で話したかもしれませんが、言葉の物質性と呼ばれる性質のひとつに、言葉とそれを読む私との距離における円滑な伝達回路の失調として言葉の側に付与される、未だ果たされざる使用法の束としての側面があり、かつこの見えない使用の可能性の束は、当座の詩作品における語や行同士の関係をも含んでいます。というより、どのような使用に基づいて（単独の行においても）この言葉とこの言葉が結ばれている

のかわからないという状態でこそ、言葉の物質性は強く知覚される。たとえば、それはあるところで提示された情報と別のところで提示された情報同士の齟齬、前後の配置だけでは読み解くことのできない（距離的に離れた行がそれに対応する）謎として経験される。詩は物語のような線的な展開に依存しない継起性に基づいて進行するとしばしばいわれますが、いまの話を踏まえると、これは順序と時間のちがいです。読み手は紙面における隣接関係から離れたかたちで(つまり、相互に離れた地点に置かれた行同士の関係を結びつけるというやり方で）生じる落差を考慮に入れながら、それらの物質性が含み持つ意味の束を検討し、詩の読みとして計算していく。

その点でいうと「アンダーグラウンド・テレビジョン」は、行単位では非常に明晰な記述でありつつも、行同士のレイアウトから見つめ返すと奇妙なゆがみを含んでいる作品だとおもいます。たとえば《順番にすきなチャンネルへかえて／じぶんの知りたいものごとをさがす》をみると、ひとりひとりに与えられたひとつのテレビ（と、それを観るひとりの私）がイメージされますが、そこから《チャンネル争いは勃発しない》以下を挟んで《快適なこの部屋にみんなであつまりテレビをみる》と置かれてしまうことで、テレビを観るだれかを記述する視点がとたんに明晰でなくなってしまう。《順番にすきなチャンネルへかえて》においては思い思いにチャンネルを回して個人的な楽しみにふける《じぶん》の姿が想像できたのに、《快適なこの部屋》ではテレビを囲って団欒する《みんな》の姿が析出されるからです。《じぶん》がすきなチャンネルへ回しているなか、チャンネル争いも起こさずに《じぶん》以外の《みんな》がそれを黙って見ているとしたら、なぜ《じぶん》は《みんな》の位置におらず、また《みんな》は《じぶん》のような役割を持たないのか。すると、このふたつの行間がつくりだすレイアウトは前者の行に私たちの関心を送り返し、以下の調停案を余白に書き込むよう促します。①《テレビ》はひとつではなく複数ある。②《順番》は《じぶん》ひとりが好き勝手にチャンネルを回しているようすではなく、《みんな》が交代でチャンネルを回すようすをあらわしている。③《じぶん》は《みんな》の視点すべてが溶け込んだ、地獄の人称である。

①の案は《ここの夜はテレビが人気だ》のせいで説得力にやや欠けているし（この行は《リビングルーム》でテレビをみる《みんな》の姿にかかるものであると考えた方がいいとおもいます）おもしろくないので却下したいところです。②であれば《順番》の抱えていた意味の奥行きが、《快適なこの部屋》で与えられたイメージを受けて反転したことを意味します。《順番》の語は自身が使用された行から移動することなく、そこに置かれたまま変形するわけです。③はそれをより過剰に推し進めたものです。しかし、これは同一の構文や明示的な論理操作によって得られる解釈、つまり客観的な相関物がテキストにあり、それを読み取ることで了解されるものではなく、語《じぶん》と語《みんな》を行き来しつなげあわせようとする目の破損によって生まれるものなので、厳密にいえば《じぶん》と《みんな》が溶け合ったというより、両者が溶け合わないことで形成される認識であるといえるでしょう。《じぶん》でありながら《みんな》である、《じぶん》と《みんな》のあいだにあるといった記述では再現できないまとまり。

詩は、ときには脈絡なく置かれてしまうこともあり

える行同士を読み取り、それらの配置がつくりだすギャップを通して書かれてある情景を取り出す操作を過剰に要求するので、そこからさらに新たな行が与えられることでレイアウトの再編成が行われ、安定的に組織されていたはずのイメージが突然ゆらいでしまい、翻って「このイメージ」の鍵になっていた語が自身の同一性を保ったままで複数化するという事態が容易に起こります。そこで私たちは前後の行を絶えずいったりきたりしながらイメージの調整を行うので、ここで与えられる読みの時間はテキストの展開に沿って生み出されるものではなくなり、非線形というより平面を滑り続け、足取りのおぼつかない場所に見えない足場を立て続けるような時間として経験される。それは詩に限らず小説においてもいえることですが、詩はより積極的にこうした読みの過程へ私たちを開くジャンルなのではないかとおもいます。

山本　テレビが複数かどうか、みんなで見るのかひとりで見るのか、という問題は、いっしょに活動しているｈさんからも指摘されました。《順番》という言葉を基点に、前後で変容が生じているようであるのもまったくその通りと思います。ただ、ひとつ加えると、ぼくはごく単純に、テレビは複数あると同時に複数人で同時に見うる、という考え方をとることが結果的に最もクリティカルなモデルを導くのではと感じます。まず第一に、テレビを１台と考えると、全員がひとつのテレビに集まり視線を向けているという図になりますが、この詩で描かれている世界がそんなに狭いと考える必然性がない。リビングルームに何万人もは集まれない。もちろん《快適なこの部屋》とあるので、ひとつの部屋のひとつのテレビに語りは焦点化されていますが、それが、地上に向けられた地獄のテレビのすべてを意味することはない。《リビングルーム》はいくつもあると考えるのが自然でしょう。そうしたとしても、よるおわさん（＝鈴木一平）の言う〈地獄の人称〉というのは成立可能です。リビングルームに３人しかいなかったとしても、そこでは、各人によるチャンネルの交代でのチューニングが生じるわけですから。テレビのチャンネルを、誰しもが自らの意志で変更しうる状態で、テレビに向かってその場にいた何人かの視線がそこに向かっている際、《じぶん》が探すものは、他の《じぶん》によるチューニングに晒されているけれど、それをぼんやりと無視しつつ自分なりのチューニングをさらにそこへ被せることは可能だ。テレビに映っているもののうち、見たいものを見、探したいものを探せばいい。ただ、その情報の拘束は、ある程度周囲の〈見たいもの、探したいもの〉から受けている。自分の〈見たいもの、探したいもの〉が、他の自分の〈見たいもの、探したいもの〉から影響を受け、自分によるチューニングの方向性が変化する可能性もある。その意味で、《じぶん》と《みんな》は、隔てられながらも依存しあっている。ここで〈地獄の人称〉とは、《じぶん》と《みんな》の〈見たいもの、探したいもの〉が結果的に《テレビ》の位置において重なりながら実行されるチューニングそのものでしょう。

ただ、《みんな》というものは、地獄全体を指し示すというより、リビングルーム単位でのものであり、つまりは多元化可能性をさらに孕んでいるものとして受け止めるべきと思います。テレビは複数あり、みんなも複数ある。そしてその上で、地上には、同時にいくつものチューニング＝レイアウトが降り注いでいる。その重層的な網目の中を生きるという方が、ひとつの個体におけるチューニング＝レイアウト間の移行

可能性が開けるのではないかと思う。あるいは、誰からもかえりみられない存在や、視線の人気の多寡などの問題（これは即、生や出来事の人気不人気につながり、とたんに「ぜんぶここからみている」という言葉がファシズム的な様相をおびる）から逃れられる。

この移行可能性は、同時に地獄の側でも生じているでしょう。《じぶん》は、《この部屋》にいる《みんな》のテレビに視線を向けることもできるが、別のリビングルームあるいは個人端末（？）のテレビに視線を向けることもできる。そうしたとき、〈地獄の人称〉は、より徹底して複数化する。ある限られたメンバーで《みんな》が構成されるのではなく、《みんな》そのものが多元的である。同じテレビでも、明日はまったく別のテレビを見ていたメンバーたちが方々から集まってくるかもしれないし、テレビAのチューニングを見て影響を受けた者がすぐ隣の家のテレビBのチューニングに新しさをもたらすかもしれない。つまり《じぶん》と《みんな》は、複数のテレビの前で好き勝手に動き回り、テレビ同士のチューニングの論理が交流する可能性を開く。これは、半ば強引に詩の論理の話につなげて言えば、詩集（や連作）内作品間の影響関係などに対応させると、利用可能性がぐっと増すような気がします。そこまでいって初めて、《ここ》と《ぜんぶ》が単一化されずに接続しうるのではないかと。

鈴木　いわば、行間のレイアウトによって歪になったイメージを、より必然性があり、かつ使用可能な奥行きを持ったものへと開いていく読みですね。ぼくは地獄にいる全員がリビングルームにいるとはおもわず、それでも《じぶん》のチャンネル回しが特権的に記述される程度にはそれなりの人数がいるものだと考えていました。テレビを通してであるとはいえ、そこに映る地上で起きていることの《ぜんぶ》という指示や、（どれだけの人数が一同に会しても、という意味で）《殺しあったもの同士が出会うこともなく》という記述が、語りの把持する語のスケール感に伝染し、《みんな》と指し示される存在を複数というより多数的なものとして読んでしまったからなのですが、ぼくは河野さんの詩にそのつどの作品のなかでちいさく集団の行為の一致を積み立てていく作風があるとおもうし、それを魅力的にも感じるので、全体主義に回収されない《ここ》と《みんな》の相互干渉の成立を目指した作品の読解よりも、語としての《じぶん》という個と《みんな》という個が紙面のレイアウト上で織りなす物質的なイメージの正体に注目しました。緩衝材となるような論理を動員しなければ矛盾してしまう複数のイメージが、一方の下位に位置付けられることなく並列される（と同時に、両者の論理が単独で使用可能なものである）とき、私たちはそれらを一括りに解消することへの困難さと引き換えに、ある種の物質性のようなものを知覚します。交互に見られるある見開きのある箇所に場を占めている文章と、また別の箇所に置かれている文章とがつくりだすレイアウトに、私たちの視覚が覚える抵抗。この相容れなさは、私たちがその文字列に目を落とし、目を横切らせる時間のなかにこそあらわれる。私は〈私が私であること〉のもとに、複数の異なる論理を束ねているのか。鑑賞体験のただなかにおいてもっとも強く抵抗が感じられるのであれば、異なる二つの論理を束ねているのは紙面の上を横切る私ではなく横切る私の下の紙面であると、ありふれた言い方もできます。目をひたすら動かしながら複数の文字列をくり返し読み比べていると、べつの文字列に目を移すたびにさっきまで読んでいた部分の記憶

が抜け落ちるので、自分よりもおおきな統覚が詩の側にあって、詩が私を通して、自己の抱える複数的な論理を計測しているように感じられるんですよね。ほとんど印象的な話ではありますが、複数の論理を束ねる過程が目を右から左に、左から右に動かす瞬間においてそのつど起こり、しかしそれは私の記憶には残存せず、私の読む時間を支えるべつのなにかに引き渡されていく感じ……それにしても、束ねるという言い回しはどこか、外在的な力の存在というか、支配的な視点のようなものが喚起されますね。複数のものを複数のままで束ねるといったとき、もともとの意味として束ねるという語は複数のものを複数のものとして一つにまとめる、という意味を持っています。もっとも、それは束ねるという語が支配的な視点（あるいは主語）を要請するからでもありますが……。

山本　よるおわさんとぼくの差がはっきり強調されたかと思います。そしてそれを解消するにはさらに多くの議論と、なによりぼくの側での理論的補強が必要と思いますが——ぼくとよるおわさんの違いは、基本的には、実践のレベルですらなかなか差が出てこないようなレベルのものかもしれないとも、以前より思っています。よるおわさんがおっしゃられる、言葉や事物の側にこそ複数の論理があるという考えはとてもよくわかりますし、言葉の物質性をめぐる先ほどの話も、よくわかる。《言葉とそれを読む私との距離における円滑な伝達回路の失調として言葉の側に付与される、未だ果たされざる使用法の束としての側面》、《この見えない使用の可能性の束は、当座の詩作品における語や行同士の関係をも含んでい》る。《というより、どのような使用に基づいて（単独の行においても）この言葉とこの言葉が結ばれているのかわからないという状態でこそ、言葉の物質性は強く知覚される。たとえば、それはあるところで提示された情報と別のところで提示された情報同士の齟齬、前後の配置だけでは読み解くことのできない（距離的に離れた行がそれに対応する）謎として経験される。》確かに、こうした、全体の知覚がうまくいかないものとして——作品の組み尽くせなさとして——作品の質が生じるだろうし、それを個々の私に還元することはほぼ不可能でしょう（還元できてしまえたなら、それは私が不用意な縮減を行なったか、あるいは作品そのものがあまりに安易な構築論理のもとで成り立っているか、でしょう）。

　では、ぼくとよるおわさんで、どこが違うのか？　ということで考えてみると、それは、制作者ないしは分析者がどう作品内に組み込まれるかという問題と、そこから来る、「なぜ相容れなさの知覚が回収される先としての物質性が、言葉や事物の側の束ねだけに絞って付与される必要があるのか」という問いに、還元されるのではないかと感じています。そしてその先で、ぼくの場合は、外在的な力による支配的な視点の拒否ではなく、その過剰を考えた方がいいのではないか、と思うんです。《環境の側に埋め込まれた過去の私を現在の私はどの程度抱えるの》か、という問いが、先ほどよるおわさんから出されていたと思います。そしてそこで生じる私同士のギャップを、言葉や事物の物質性に由来するものとする、と。ただ、過去の私と現在の私のギャップは、決してこの私という持続する思考の座に蓄積していかないわけではないでしょうし、むしろそのようなギャップをギャップのままつないだり重ねたりすることこそが、記憶や技術や思考なのではないかと思います。相容れないものをひとつにすることの困難さとして物質性を定義し、言葉や事物

の側にそれを付与するのであれば、〈私〉という異様な統合機関にもまた、物質性を付与する余地があるのではないか。そういう、物質性をもった事物、素材の一つとして私を考えた方が、作品全体を統率する論理の単一化や、制作者や分析者の視点のブラックボックス化を避けられるのではないか。またさらに、その先で、複数の人間が作品を介して関係しあう、そういう共同性の問題にまで直結しうるのではないか。これはいわば、言葉を並べるだけの表現である詩が、作品の手前側にいる〈私〉のシステム自体と直結しうる、その回路の確保可能性についての話です。

言葉や事物が並べられるその並べの論理を、さらに言葉や事物に圧縮して、素材として扱い、それら同士で並べる、というような、うねりのある凝縮並置の繰り返しとして制作を考える上で、現前する言葉や事物に還元しきれない、抽象的なレベルとしか言いようのないような重層的な束ねの働きを考える必要がどうしても生じる。それをテキストの表面に刻まれた、言葉の配置関係のみの延長線上で捉えることはもちろん可能だと思いますし、それゆえにぼくはよるおわさんの作る詩を自分自身の考えのモデルとして使用できてしまえたりするのだと思いますが、しかし、その際にも、やはり個々の言葉や事物の物質性という概念だけでは、回収しきれないのではないか。レイアウトの論理という、新たな次元を考えなければならなくなる……そしてなにより、言語表現というものが常にそれを読むことのできる十分発達した知覚主体のような存在（＝私）を、傍らに常に置かざるを得ない以上、そのレイアウトの論理は、私の記憶や知覚限界や技術蓄積と切っても切れない関係にある。

制作者や分析者をそのつどの知覚ごとに立ち現れるギャップの小さな観測者程度のものとして評価するのではなく、作品によって事後的に制作され、それが個々の言葉同士の関係性（レイアウト）に影響を与えていく、スケールフリーな（相互包摂的な）重層的メディウム——あるいは、それ自体ギャップだらけで成立してしまっている、豊かなレイアウトの論理の、源泉、素材——として考えていった方が、さらにその先に進めるのではないか。

これはさらに、〈私〉における環境から自律した運動（自由？）を、環境と環境の内的な掛け合わせによるものだと考えたとき、いっそう強調されると思います。つまり、精神や魂、視点、私、というものを、事物のもつ物質性に単純に回収しきるのでも、また、心身二元論的に外部へ温存するのでもないかたちで、操作可能となるような状態を、考えていかなければならないのではないか、という問題です。私における束ねはほぼ錯覚で、実際には環境の側にそれが属しているというのは、生態心理学をはじめとして頻繁に論じられることですが、それだけだと記憶や思考の、環境から自律した運動が、どのような論理によって行われているのか、そこを記述しきれないのではないか。なにより、制作者の位置が抱え持つ束ねの論理を、自らうまく操作するための術が不明になる。重要なのは、私というものが環境の側の統合に由来するのだとして、さらにそれが、個別の環境には還元されきらない領域である精神の側でも行われたり、あるいはそうした精神における特異な環境同士の掛け合わせが、また環境のレイアウトに埋め込まれたりしうるという観点だと思います。つまり精神の側の統合の論理は環境の側の統合の論理に、制作過程を通して次々埋め込まれているはずである、という……。

相容れなさが知覚ごとにしか立ち上がらないという、よるおわさんの指摘は確かだと思うのですが、それを事物の配列として記録し、その相容れなさの知覚へと第三者までもが高速アクセス可能なポイントを制作することは可能でしょう。相容れなさの知覚を近距離で積み上げたり、折り重ねたり、ぶつけたりといったことも、物理的な時空間的近接関係ではもちろん、それだけにとどまらず、よるおわさんの言うように、時間にも空間にも遠方にあるもの同士のあいだでも生じさせうる。そして重要なのは、これらの距離で作られる織物（＝作品）は、そこで蠢かされる個々の言葉や事物の物質性（転用可能性？）を浮上させるものでありつつも、同時に、個々の言葉や事物には完全には還元されきるものではなく、常にそれを知覚し制作する側の認知・身体傾向に（も）規定されているということであり、ゆえにこの距離の織物を、過去の私と現在の私のあいだの距離などと、どのようなかたちで接続させるのか、という問題が、制作過程において避けては通れないものとして浮上しているのではないか。

だから、よるおわさんは実際の制作においてそれを、言葉の側の問題として凝縮して考えているのかもしれない、一方ぼくは、それを私と言葉の両方に通底する問題として考えている、のではないか。

いわば、〈私が私であること〉とは、制作者・分析者の自己同一性に限ったものではなく、言葉や事物の問題でもある、という考え方です。これはさらに言い換えると、作品を統括する主体など存在しないと言いながらも、この私において制作の技術がある程度高まり、ひとつの作品の内部に満ちた必然性を感覚することができ、その作品の場に訪れれば高密度の思考が可能になるという、そういう座を制作者ないしは分析者である私がもっている——私はただ矛盾を前に呆然とするだけではなく、それらを用いて高密度な思考を組み立て、さらにそれを発達させるために作品に手を加えうる——ということをどう考えるか、でもあります。思考は作品によってばらばらになるだけでなく、そこで生じる思考や作品同士を折り重ねたり接続したりすることもできてしまう。それを、単なる強引な外部観測とするのではなく、あくまで作品内部の経験として考えるには、どうすればいいか。それを考える方法がないか、模索しなければならない。そして、その先にあるのは、私というものの進化、発達——そのための技術の錬成、伝達——ではないか。まだまだそれを明確に主張するには、理論化が足りてないでしょうが。

鈴木　ぼくと山本さんのあいだのちがいとして話された２つの問題、つまり「制作者ないしは分析者がどう作品内に組み込まれるか」、「なぜ相容れなさの知覚が回収される先としての物質性が、言葉や事物の側の束ねだけに絞って付与される必要があるのか」という問題ですが、ぼくは全体的な統合を私とは別の地平に設定することで、〈私が私であること〉の過剰さを相対的なものに留めて、複数の私を段階的に統合し、複数の相容れなさとして展開させる分析や制作ができないか、ということに関心があります。

たとえば昨日の私と今日の私の持続や差異が問われてしまう事態そのものは、それが問われずにいる時間とセットで考えることができ、そこでは〈私が私であること〉や〈私〉が出現する契機のようなものが想定されます。複数の論理を束ねる〈私が私であること〉は、時間的な契機をとおして私に到来し、そこで私は複数の論理を部分的に知覚しながらそれらを関わらせ、思考を組み立てる。ぼくがことさらに物質性と紐付い

た知覚を意識するのは、こうした契機のひとつとして、詩の言葉の物質性やレイアウトを導入してみたいからです。つまり、昨日の私と今日の私の差異は無媒介的にあるのではなく、常になんらかの物質や知覚をとおして比較される。言い換えれば物質性とは、それぞれに異なる時間において同一性を保つ形式として私に与えられ、異なる時間における私の知覚を比較可能なものとして出現させる。それと同時に、ここではまさしく山本さんがいうように、私に物質性を付与させる視点があります。物質が時間的過程や外的な圧力によって変形しながらも同一性を保ち続けるという意味でも、〈私が私であること〉の持続は物質的な様相をもつといえます。環境から独立した思考が私のなかで展開されるときに、私は複数の私が束ねられる環境を自身の内側につくりだし、それをもとに思考を外部の環境から切り離しつつ、複数の私において私が思考するという回路が形成されるというように。先ほど述べた「昨日の私と今日の私」について、山本さんは意識するしないに関わらずありえてしまう持続に〈私が私であること〉は取り憑いているというかもしれませんが、ここに物質を媒介した私についての知覚の契機を導入することで、〈私が私であること〉が複数化される挙動を加え、私を生起させる物質的な形式と、それとはまた異なる物質としての詩の言葉との重ね合わせのなかに、〈私が私であること〉とは別に生起する〈私〉をつくり、またそれを詩作品の一部を占める言葉の配置として、全体から遊離して知覚されるようなレイアウトを実現させる方法を考えてみたいんですね。ぼく自身の制作と絡めた話になりますが、たとえば俳句を詩のなかに用いるとして、俳句は作品の形成において詩とは異なる制約と結びついているため、そのプロセスに応じた特有の統合論理を内側に抱える。それは詩作品の一部として提示されるなかで詩の全体の統合をおこなうものに回収されるとしても、俳句をつくることで形成された〈私が私であること〉と俳句形式がもたらす環境との組み合わせは、部分的にでも生き残る。というより、ここでは全体的な統合という語の意味そのものが変更されうるのではないか。

さて、以上の話は制作者や分析者を「そのつどの知覚ごとに立ち現れるギャップの小さな観測者程度のものとして評価」しつつ、それらを全体的な統合から外れた地点で部分的に重ね合わせていく過程を何重にも行うことで、ある箇所とある箇所でそれぞれ異なる統合をなし、それが単一の中枢に挙動を与えうる事態にまで推し進められる制作のあり方として要約できます。このとき、私たちが作品全体を覆う機関をそれでもなお知覚するのであれば、それは個々の統合をさらに統合する上位のシステムとしてではなく、作品全体を統合する視点と個々の統合における視点とが並列しつつ関わり合うようなあり方として、複数の私による共同制作を試してみることができるのかもしれない。その結果として制作される作品そのものの差異はおそらく、くり返し異なる私をありうべき共同体に向けて重ね合わせる統覚を記述の内側に設定するかどうかによるのではないかとおもいます。ぼくはどちらかといえば、ある私と別の私とが共有できない論理を個々の言葉に送り返すことで、私の統覚から離れた次元として作品のレイアウトを設計してみたいですね。個々に異なる歴史を抱えた死体が、等間隔に並ぶ石の下にいる墓場みたいな。それだと、互いに離れた死体同士をいかに関係づけるか考えないといけないので、あんまりいいたとえじゃないですけど……。

全体性＝《みんな》と個別の〈私が私であること〉の衝突

なまけ　ふたりの言う「詩の読み」と「私＝呪いに満ちたレイアウトの視点」、これを使って「地上」パートの、もうひとつの詩も見てみようと思います。

「とおくから星がふる」の前半部の見開きは、語りの形式によって、4つの部分に分けることができるように思います。①冒頭2行、②過去形の語り、③現在形の語り、④セリフ、という具合にです。

まず、①の《川をわたって木立のなかへ／そこにみんながいるだろう》ですが、ここにあらわれる《そこ》や《みんな》は、本来であればこの箇所を読むだけでは判定不可能のはずです。しかし、すでに「アンダーグラウンド・テレビジョン」を読んで〈死者の目〉を抱え込む〈私〉には、《みんな》とは《自殺したひと》であり、《そこ》とは《地獄》であるように見えてくるかもしれません。つぎに②と③ですが、②が名前で呼ぶ4人の人間のエピソードを③がナレーターの役割を負うことで展開していきます。たとえば②の、《鈴木さんは表階段の人だった。／鈴木さんの人生は表階段に凝縮され、記録された。》という文章は、《肉の層を火が食べたあと、凝縮されたかたいものが残る。》までを読むことではじめて火葬場のお骨のイメージを身にまとい、鈴木さんらが《凝縮され、記録された》という部分に、本当の意味での過去の出来事＝死を読み込むことができます。③の形式の語りには、もうひとつ《エスカレーターへのほのかな恋は非常階段の人の自己同一性に衝突する。》がありますが、これはさいごの④の《「みんなで手すりにつかまろう」。》との関係で考えることができます。《「みんなで手すりにつかまろう」。》は、エスカレーター上の集団を規律づけると同時に、主体が不在である声として、非常階段やエレベーターやエスカレーターや表階段において共通する《手すり》を持ち出し、ナショナリスティックな共同体を浮かび上がらせます。共同体の内部で支配的なのは不在の民意＝共通項による統治ですが、この全体性＝《みんな》は個別の〈私が私であること〉との衝突を生み、この詩の後半の見開きへと展開します。

鈴木　この箇所は、それぞれがばらばらに主張し、行為する佐々木さんの前後左右と謎の声《「みんなで手すりにつかまろう」。》が配置されているので、《みんな》は〈私が私であること〉に衝突するというより、イコールで結ばれているように読めました。気になるのは、数ある佐々木さんの前後左右のなかで、前面だけがなにも主張せず、一歩を踏み出そうとしていると書かれているところです（《佐々木さんの前面は、エスカレーターを歩く佐藤さんの脚に魅せられ一歩を踏み出そうとした。》）。行為が行われつつある瞬間が描かれているといえばいいのか、行為として組織化される手前の、無意識的な意図の段階で留まっているんですよね。もっと言えば、佐々木さんの前後左右のなかで前面にだけ〈私〉と呼べるものが書き込まれていない。佐々木さんの前面が踏み出そうとしているのは《佐藤さんの脚》に《魅せられ》たからで、これは言い換えると佐々木さんの前面の行為を触発し、主導権を握っているのは佐藤さんの脚だということになる。ここから「魅せられる私」を引き出すには、一度外に置かれた私をもう一度《魅せられ》た状態において〈私〉に返す、反省を媒介にしないといけない。佐々木さんの前面は、〈私が私であること〉の外に私が置かれて

いる状態にあり、《佐藤さんの脚》に私は埋め込まれている。これは、私に値する能動性が佐々木さんの前面ではなく、佐藤さんの脚に位置づけられることで生じる事態です。これを解消するには、佐々木さんの前面が私を自身の計算対象とするような意識の方向性を私において取り戻さなければならない。言い換えればそれは、私がどのような状況に置かれているかの認識が、私において形成される必要があるということです。佐々木さんの前面は何かしらのかたちで、私の外に置かれた〈私が私であること〉を、私において成立させる必要がある。そう考えると、謎の声《「みんなで手すりにつかまろう」。》を発しているのは、佐々木さんの前面なのかもしれせん。

なまけ　なるほど。なにか出来事があったと書くとき、それはあくまで未来からの〈記述－省察〉であり、省みられることによって〈私が私であること〉が発生する。出来事を記述するときの時制が過去と切っても切れない関係にあるように（実際にこの箇所の記述も過去時制になっています）、佐々木さんの前面が一歩を踏み出そうとしている瞬間、その運動を発生させているのは《佐藤さんの脚》であり、この動作を発生させているのは誰かという視点で主体を見たときに、《佐藤さんの脚》が影響を与えた、つまり《佐藤さんの脚》に影響させられた《佐々木さんの前面》は客体である、このように二者の関係を見ることができる。もちろん《佐々木さんの前面》を単独で見ればそれ自体にひとつの主体性はあるものの、二者の関係において見たときに、《佐々木さんの前面》にあったはずの主体性は《佐々木さんの前面》から見て《佐々木さんの前面》の外に位置付けられる。こうして外に投げ出された《佐々木さんの前面》の主体性が、ふたたびもとの位置（《佐々木さんの前面》のうち）にもどるためには、内側から発せられる主張＝意志が必要である。それが《「みんなで手すりにつかまろう」。》という声である、と。そうしたとき、やはりこの《みんな》という言葉、この声が自己自身らを指し示すかたちで、自己自身らに対する呼びかけとして発声＝発生させられているのが気になります。エスカレーターだけでなく非常階段や表階段、エレベーターにも（最近はほとんどあたりまえに）備え付けられている《手すり》こそがやはり媒介となって、佐々木さん自身の前後左右はもちろん、エレベーターやエスカレーターや表階段や非常階段、そしてそれらと関係づけられている山口さんや佐藤さんや鈴木さんらも巻き込んだかたちでひとつの集団を形成する、そうしてひとまとまりにさせられた集団自身を指し示してしまえるのが《みんな》という言葉の効果であり、その声＝力を作用させられる範囲なのではないでしょうか。このような全体＝《みんな》と個＝〈私が私であること〉との葛藤があらわれているのが、《エスカレーターへのほのかな恋は非常階段の人の自己同一性に衝突する。／佐々木さんは苦悩につつまれた。》という箇所なのだと思います。

詩における物質性とパースペクティヴィズム

なまけ　こうした全体性と〈私が私であること〉との格闘は、たんなる形式以上にこの〈私〉の生に深く関わる問題でもあります。後半冒頭の《川のむこう》は、前半冒頭では《木立のなか》と示されていましたが、

川をわたるという語句に抱く死のイメージは、先ほど挙げた火葬のイメージと重なり、木々は墓標であるようにも見えます。語句から想起されるイメージと詩同士の配置関係＝レイアウトにより、ひとつ前の「アンダーグラウンド・テレビジョン」における《地獄》として《川のむこう》を読むと、《山田さん（横断歩道の人）。伊藤さん（歩道橋の人）。藤井さん（踊り場の人）。田中さん（動く歩道の人）。》は《自殺したひと》としてあらわれてくる。《地獄》の自殺者たちは《鎖》になって《鍵をかけて保管される》。この箱（？）の中身＝自殺した死者＝もうひとつの《みんな》には、《アタリ》（しかも《まぐれあたり》です）をひいて《あたらしい鍵をみつける》ことでしかアクセスできない。《アタリ》をひけば〈私〉は《みんな》ときちんと《きもちをかわし、憎みあう》ことができるようになる。すぐにあらわれる《ぜったいにアタリをひけ。》は《「みんなで手すりにつかまろう」。》とは異なる語りとして、外部からの「指示」ではなく、内的で自己言及的な〈私〉の声として読む必要があると思います。〈私〉に向かっていくこの声は、あらゆる個を飲み込み拡大していくような「みんな」とのあいだに距離をとり、決して全体性に陥ることなく、複数の〈私〉がつねに可能であるような、いわば複数の「みんな」を産み出す。やまもとくんのいう〈複数のテレビ〉の導入にあたるでしょうか。アタリをひくことだけが、統治または一個の全体性から逃れた複数の「みんな」のあいだにまっとうな交流可能性をひらくことにつながっていく。

続く《みんなをおぼえているよ、とみんながいう。》や《とおくから星がふるときは、みんなをめがけて、みんなが降りしきる。》では、この〈全体性の複数化〉が、〈私が私であること〉をいちど分解し、あらたに再構築していく。《みんなをおぼえているよ》と言っているのは、星が降りつけるこの場所にあるエレベーターやエスカレーターや表階段や非常階段であり、星は山口さんや佐々木さんや鈴木さんや佐藤さんらです。おもえば〈私が私であること〉を自覚しているのが《非常階段の人》であるというのは、非常に示唆的でした。《みんな》という語は、ある特定の個を内部へ囲い込み、同時にある条件の個を外部として、ひとつの集団を形づくる。この内部／外部の論理は、階段の表／裏、つまり通常／非常というように、二項の対立をしるしづける境目として機能します。非常階段群における外部にエスカレーターやエレベーターや表階段は位置付けられ、また、この私と、私以外の彼らという意味でのみんな、という具合にひとまずの自己同一性を担保します。しかし佐々木さん－非常階段の恋は、この内部／外部の境界線を引きなおし、論理を組み換え、自分自身と佐藤さん－エスカレーターを内部とするあらたな〈私〉へと生の形式を変化させていくような運動になるはずです。ぼくはこのように、いっぺいさんの言うような、紙面のレイアウト上で語としての《じぶん》と《みんな》というそれぞれの個がどのように物質的なイメージを織りなすのか、についての手がかりを見たのでした。

詩のラストに向けて描かれていく風景は、〈人－時間〉と〈物－空間〉を重ね合わせます。前半の見開きで赤い帯に埋め込まれていた過去の人間らの関係＝配置に対して、この箇所は、物体の配置＝関係として描き出される空間の記述でありながら、《もう夕暮れで》の一句にも見られるように、物体の空間的な運動と、そこに時間を生起させる人間＝〈私〉を浮かび上がらせる。太陽の昇り沈みに時間の運動を見るように、ひ

とまとまりの記述の連なりに対して空間的な配置以上のものを読み込むレイアウトの視点は、この語りにおける風景への視線の運動においてもあきらかになります。まず《星がふる》《海のふかいほうへ》《波のレリーフが刻まれた地層》というようにはじめに下降運動があり、つぎに《這いながらのびる》《急角度で見おろしたさきに》《階段をのぼる》というようにわずかずつ上昇し、《岸壁》《トンネル》《くぐる》《エスカレーター》《小川》というように、星のとおさや海のふかさに比べれば微少な高低差を持ちつつ、水平方向へと移動していく、というように。そして当然《トンネル》には出口があって、《くらいトンネルの出口ではいちばんに「でた!」といわなければならない。》とされる。さらに、《遅れたほうが負け。》ともあります。〈私が私であること〉が、じぶん/みんなの境界線を引きなおすという生=運動だとするならば、勝ち/負けは〈私〉の生の形式、つまり生/死に関連づいている。息を止め続ければ死んでしまいますが、トンネルを出ることは、《地平にあかるい口がひらくまでずっと前をみつめているのだ。》とあるように、東から太陽が昇るのと同様、人間の意志を直接的に関係させられることなく生起するもの（空間的な運動は人間の見立てによって時間性を帯びるが、人間が太陽そのものの運動を根本的に変えることは現在のところできない）であろうため《ずっと前を見つめている》しかない。そうして《いま、トンネルを飛び出す、その瞬間に「でた!」と叫ぶ》何者かとして、たんなる記述者だった何者かがその役目をようやく終えて、この風景のなかにあらためて登場する=生まれ変わる。このとき《トンネル》は一種の産道であり、振り返ると、《だから佐々木さんは佐藤さんに出会えた》の部分はどこか奇跡的な出来事のようにも感じられていた。そうして《デタ!　デタ!　デタ!デ、タ!　タ!　タ!　タ、タタ、タタタタタ・・・》と、何者かの叫びであると同時に、飛び出していくその何者かの足音のようであるものが続く。これまで見てきたように、おそらくこの何者かは複数でしょう。こうしてあらわれた何者かは、《岸壁の突端で鐘が鳴る。》として、だれもまだ見ぬであろう鐘の音を聴き、《いつか飛び降りるならこの海がいい。》と言って、星からの下降と地底からの上昇と水平-地平面での平行運動=レイアウトの視点の基底となっている《この海》こそを地上でも地下でもなく自らの墓場として思い、《非常階段に波がうちつけ、はなびらが砕けちる。》、非常階段-佐々木さんという過去をあらかじめ内に抱えこむものとして、また波として——上下し水平方向へ移動する運動であるという点で自身の視点としての過去は波へと形を変えて今回の生にも受け継がれることになる——この何者か=〈私〉は、非常階段にぶつかり、はなびらという、かつて花だったもの、また、いまそこにはなびらとしてある微細な、しかし強固なものが砕けちるのを見ている。

山本　いまのなまけの読みでも明らかなように、やはりこの詩で表現されている、統合/全体の複数性と、それらの相互作用可能性は、とても重要なものだと思います。今回の座談会でぼくは、「みんな」そのものが多元化するという話や、「ここ」と「ぜんぶ」が単一化されずに接続するといったような話ばかりをしているのですが、その延長として——あるいはこの詩の可能性をさらに引き出すためにも——いったんここで、いま議論に用いられている「全体性=《みんな》」と「個別の〈私が私であること〉」について、あらた

めてこの詩の前半を中心に、整理ないしは補助線引きをおこないたい。

いま議論になっているのは、ぼくなりの考えですが、やはり〈私が私であること〉の複数性と、その包摂関係の問題と思います。〈私が私であること〉という独特な言葉について、今一度振り返っておくと、それは、相容れない知覚や思考や視点を、相容れないままに統合し、特定の瞬間だけに属する思考ではありえないような複雑さをもった思考を成立させる論理として、いぬのせなか座開始時点から繰り返し扱ってきた概念でした。言語表現において、こうした論理は、作品全体を成立させるものとして現れながら、同時に個々の文章での〈私〉（言語を表現している主体）とも接続しているがゆえに、〈私が私であること〉をどのように操作していくかが問われざるをえない。たとえば私小説は、そのような条件を意識的にしろ無意識的にしろ操作する技術を発達させる形式です。そしてこの〈私が私であること〉を、環境内の同一性とどう関係させ、制作を行い、発達変容させていくかを、特にぼくは、問うてきたのでした。

さて、そうした上で、〈私が私であること〉は、全体主義的な論理と通底するところがどうしてもあるということも、度々問題視されてきました。生まれた時の私と、死ぬ前の私を、同じ私として安易に語ることは、まったく異なる個々人を、ひとつの《みんな》で統合することと重なる。その点でいうと、なまけが言う「全体性＝《みんな》」と「個別の〈私が私であること〉」とのあいだの衝突は、誤りだったのかということになる。しかし、この詩を読んでいてもわかるように、衝突はたしかに存在する。なぜなら、統合の論理は複数ありうるからです。さらにその複数は――これは大変難しい話ですが――根本的な複数性と、制約に応じて生じる複数性の、二種類ありうる。

前者は、たとえば同じ身体を持っている一人の人間のなかにも、複数の異なる統合の論理が走っている可能性です。一方、後者は、〈私が私であること〉の論理それ自体としては共通だけれど、それらが現れる身体や、歴史や、環境によって、相互に相容れないものとなっていくという可能性です。両者は、同時に入り組んだかたちで扱われなければならないことだとぼくは思いますが、いまは話が複雑になりすぎるので、いったん前者の方をおいておきます。今回の詩では、特に後者の意味で、〈私が私であること〉が複数化している。つまり、《非常階段の人》の自己同一性と、《手すり》につかまる《みんな》の自己同一性は、その基点の置き方によって、相容れないものになっている。

これは、人類学の分野で盛んに議論されている、パースペクティヴィズムをめぐる話を参照すると、もう少しわかりやすいかもしれません。『いぬのせなか座2号』（2016年5月発行）に掲載された「座談会3」で、すでに話題に上ったことですが、あらためて確認しておくと、犬も猫も狼も人も、みなが同じ共通した魂を持っていて、しかしそれらが属する身体が各々異なるために、パースペクティヴが異なっている、というような考え方ですね。代表的な論者であるヴィヴェイロス・デ・カストロによるテキストを引用します。

《捕食動物や精霊が人間を獲物となる動物として見るうえに、獲物となる動物は同じようにして人間を精霊や捕食動物として見る。マチゲンガについて記したバエールによれば、「人間は、自らをそのようなものとして見る。しかし、月や蛇、ジャガー、天然痘の母は自らが殺そうとする人間を、バクやペッカリーとして

見る」。動物や精霊は、われわれを非－人間的な存在として見るので、自らを人間として見る。これらの存在は、自分たちの家や村にいるときには自らを人間の姿をしているかそのようになっている、と把握する。さらに、自らの習慣や特徴を、ある種の文化のもとに経験する。すなわち、食料を人間の食べ物として（例えば、ジャガーは血をマニオク酒として、死者はコオロギを魚肉として、クロハゲタカは腐敗した肉に湧く蛆を焼いた魚肉として）見るし、自らの身体的な特性（毛皮や羽毛、鉤爪、嘴）を文化的な装飾品や道具として見るし、自らの社会体系を、人間的な諸制度（首長やシャーマン、儀礼、婚姻規則など）と同じように組織されたものとしてみる。ここでの「として見る」という表現は知覚対象《パーセプト》について文字通りに言及しているのであり、アナロジーによって概念に言及しているわけではない。》

《「人」という集合的な自己言及は、「ヒトという種の成員」ではなく「人格」を意味する。それらは、発話している主体の視点を記す人称代名詞であり、固有名ではない。すなわち、動物や精霊は人であると述べることは、それらは人格であると述べることであり、非－人間に、主体という言表行為の位置を占めうる意識的な志向性と行為の力能を賦与することである。こうした力能は、これら非－人間が授かる魂や精神として対象化されている。主体とは魂を持つ者であり、魂を持つ者はだれでも視点を持ちうる。アメリカ先住民的な魂や主体性とは、人間的であれ非－人間的であれ、パースペクティヴに関連するカテゴリーで、宇宙論的な指示詞でもあり、その分析に必要なのは、実体的な心理学よりも、記号の語用論である。

　こうして、視点が賦与されているあらゆる存在は主体でありうる。あるいはより正確を期せば、視点のあるところには主体の位置がある。われわれの構築主義的な認識論がソシュールの定式――「視点が対象を創造する」、主体的な存在は原初的で、視点がそこから発する固定された状態である――によって要約可能であるのに対して、アメリカ大陸先住民のパースペクティヴは視点が主体を創造するという線に沿って展開する。視点によって活性化されたものや行為能力をもったものは何でも主体となりうる。》（ヴィヴェイロス・デ・カストロ「アメリカ大陸先住民のパースペクティヴィズムと多自然主義」近藤宏訳、『現代思想』2016 年 3 月臨時増刊号、総特集：人類学のゆくえ）

　このように定義されるパースペクティヴィズムは、言語表現主体という言い方でいぬのせなか座内でよく議論してきたものと非常に近しいとあらためて思いますが、とはいえ興味深いのは、こうした異なる身体に属する同一の魂を持った異種同士のあいだで生じるパースペクティヴの包摂関係です。一方が一方に完全にのみこまれて終わるのではなく、両方が同等の「束ね」を持ち、双方が双方を同時に包摂しあうという状態がありうる。今回の詩で言うと、《エスカレーターへのほのかな恋は非常階段の人の自己同一性に衝突する。》という箇所で記されている《自己同一性》は、単純に読めば、「警察官としては犯罪は許せない」とか、「サーファーとしてはこの波は見逃せない」みたいな、いわば肩書き的なもの、あるいは「私らしさ」のような、自己認識・自己規定からくる自己同一性に近い質のものに感じられますが、2 連目の、《佐々木さんは非常階段の人だった。／佐々木さんの人生は非常階段に凝縮され、記録された。》《肉の屑を火が食べたあと、凝縮されたかたいものが残る。》などといっ

た記述を踏まえると、人生が凝縮され記録されるとされる《非常階段》や《エスカレーター》といった言葉たちは、浮ついた比喩や肩書きのようなものとしてではなく、パースペクティヴィズムにおける身体のように、各々の重い物質的抵抗、具体的性質、相容れなさを持ったものとしてあると考えて不自然ではない。そして言葉が、周囲にどのような言葉が並んでいるかによって、自らに溢れかえる意味を、特異なかたちへ刈り込まれるのなら、それらの身体とは、言葉ごとを軸に編まれた周囲との関係性として表出される。テキスト全体には、そのような関係性としての身体が、中心をいくつか点在させつつも、幾種もの重たい光のように満ちていると考えるべきでしょう（周囲の言葉の配置に個々の言葉の意味が完全に依存している＝言葉それ自体は空疎である、というわけではなく、それぞれの言葉がそれ自体として一定の意味の傾向を持っている。それは通常の辞書的な規定よりはるかに過剰なものとして、個々の言葉に溢れかえり、それが周囲の言葉の配置によって遮蔽・反射され、周囲へ拡散し、空間に折り重なるように満ちている――さらに言えば、その光同士がガツンガツンと反響しあい、波紋の中心領域を作り出し、その付近にある特定の言葉にそれが宿り、語り手という、極めて抽象的な、言葉の統合の単位＝言葉の関係性の圧縮伝達単位＝第１連と第５連の行のように遠く離れたテキスト同士を急接近させる特殊な距離をテキスト表面に持ち込む輸入業者を、形成する足場となる――という考え方を、「新たな距離　大江健三郎における制作と思考」（『いぬのせなか座１号』2015年11月）に記しましたが、様々な仕方で部分的に眺められる「物自体」というよりは、満ち満ちた複数の関係性こそを実在とする、言語表現にも近しい考え方を、ヴィヴェイロス・デ・カストロの次のようなテキストに見ることができます。《パースペクティヴィズムは、複数の視点の存在ではなく、複数性としてのある視点の存在を主張しているのである。〔…〕存在するのは、異なって把握された自己同一的な実体ではなく、むしろ血－ビール、塩塊－儀礼小屋、コオロギ－魚といった直接的で関係的な複数性なのである。ある種にとって血であり他の種にとってはビールであるようなxがあるというわけではない。血－ビールは単一的な実在の一つとして存在しており、そしてそれは人間－ジャガーという複数性の特徴なのである。》「内在と恐怖」丹羽充訳、『現代思想』2013年１月号）

《非常階段》と《エスカレーター》というふたつの言葉を宿とした統合論理同士は、それぞれ自律し拮抗してある。そこに、ヒエラルキーはない。お互いに、「ぜんぶここからみている」というときの、独自の「ここ」を持っているわけです。さらにここから考えると、よるおわさんが言った、外に置かれた私をもう一度私に返す反省、を生じさせる佐々木さんの前面が《「みんなで手すりにつかまろう」。》と発しているのではないかという読み方も、いっそう興味深くなるでしょう。反省においては、異なる私を束ねる力が必要になりますが、その際に導入されたのが、《手すり》という言葉だった。この言葉は、それ自体では全体性は持たないが、この詩の前半で記されたいくつかの中心的な言葉たち（階段をめぐる言葉たち）に対しては、それらを一挙に束ねられるほどにカテゴリーとして広く働くために、この詩の言葉の配置においては際立って《みんな》という強力な集約的主語と紐付きやすくなり、パースペクティヴの相互包摂のような状態を崩して身体を一元化してしまいそうになる。結果、ひとつの強力な全

体性が個別の〈私が私であること〉を侵すような事態が起こりうるのですが、逆に言えば、そういった力を持ちうるからこそ、反省が生じるこの箇所で、《手すり》の使用が試みられたとも言えるわけです。

ちなみにやはりカストロは、2つの異なるパースペクティヴのあいだで生じる、殺し殺されの関係をめぐって、次のように語っています。《ジャガーに貪り食われないためには、ジャガーの視点を「自己」の視点として手に入れる方法について知らなければならない。ここに問題の核心がある。それは、どのようにして超越の種子、権力の基盤や国家の象徴、つまりは象徴の象徴へと生成変化してしまうことなく、自己に他性を付与するのかということである。》《殺害者は、敵が自分を眼差すように、自分自身を敵と見做すことができるようになる必要がある。「彼自身」へと、むしろ「自分自身」へと生成するために》(「内在と恐怖」前掲書、一部改訳)。他への想像を介して、他のパースペクティヴを取り込む私。ただしそれは、《客体は主体のある特定の状態であり、全ての客体は潜在的には主体なのである》(同書)という考え方とともになければならない。《敵対的な内部性と想像されることで息を吹き込まれた他性によって創り変えられたアニミズム》(同書)。

全体性と〈私が私であること〉は、他を包摂する運動としては等しいかもしれないけれども、複数の統合の論理が生じる余地＝身体固有性＝敵対関係が十分に機能しているかどうかという観点から、区別されうる。言葉の配置のあり方に応じて、何気ない言葉が、そのような全体性を持ってしまいそうになったりもする。ある意味ではその危うさ＝包摂能力があるからこそ、個々の言葉がパースペクティヴを持ちうるとも言えるし、そのような言葉たちをどのように並べていくかが問われることにもなる。〈私が私であること〉は、根本的に複数であり、同時に世界の全体像を各々で抱えている。その複数は、ともすれば身体を縮減し、世界を単一化しかねない危うさと表裏一体である、それがむしろ強みである（有象無象の支離滅裂なばらばらの集まりではなく、中心が複数あって（つまり主体も客体も過剰にこの場にあって）、それらが相互に包摂しあうレイアウトの状態）。

こうして考えていくと、これもやはりほとんど個人的な印象レベルの話ですが、この詩の前半、最初の見開きにおいて展開されている思考は、ひとつの身体のなかでばらばらな統合が並列して走っている状態のようなものを、イメージさせるように思えたりします。腕と足、耳とおしり、内臓と膝は、それぞればらばらな統合と近接関係のもとで運動を組み立て、中心を作り、時にはそこに他の部位までをも包摂していく。歩く生き物の身体には、複数の統合論理がばらばらに走り、拮抗関係にある。そんな状況……これがあって初めての、後半の見開きと思います。

鈴木　カストロを経由することで、「とおくから星がふる」の読みはたしかに興味深いものになりますね。私たちは前半の見開きをとおして、《佐々木さんは非常階段の人だった》《山口さんはエレベーターの人だった》と、「〇〇さんは××の人だった」の反復を経験します。ここで《非常階段の人》《エレベーターの人》は、単なる言語的操作の次元を越えているかといえばあやしくて、互いの憎み合いの構図を戯画的に描くために導入されているのではないかという感じもあります。この時点ではまだパースペクティヴィズムのような複数性を持った視点の交差には至っていない。けれど、後半の見開きにおいて私たちは次の文字

列に遭遇します。《川のむこうはみんなでいっぱいだ。山田さん（横断歩道の人）。伊藤さん（歩道橋の人）。藤井さん（踊り場の人）。田中さん（動く歩道の人）。みんなの恋も愛も憎しみもやさしさも、固定長の長さに凝縮され、記録されて鎖になった。》つまり、ここでは前の見開きとはべつの人物名が置かれていると同時に、「〇〇さんは××の人だった」から「〇〇さん（××の人）」と表記の変化が起こっています。前半の見開きを経由せずにこの箇所を初めて見ることがあれば、この「××の人」がなにを意味しているのかはよくわからないとおもいます（前半の見開きも、そのあとに続く展開を読まなければよくわからないのですが）。しかし、前半の見開きを経由した私たちは、この表記が「〇〇さんは××の人だった」の変形であると認識します。つまり、「××の人」の××に当てはまる構造物がその手前に来る人物名の属性をあらわし、人物名はその属性に基づいた視点から、またべつの構造物と結びついた他人に対してなんらかの感情を抱くという構図を、この表記においても適用することができます。ここで「〇〇さん（××の人）」と表記されている「みんなの恋も愛も憎しみもやさしさ」も、おそらく前の見開きで提示されたようなものであったと私たちは考えることができます。ここからなにが言いたいのかというと、前の見開きであらわれた佐々木さんや山口さんのほかにも「××の人」と呼ばれる人が存在し、またそれに対応するべつの構造物が示され、さらに人物と構造物のセットの表記のされ方が変わったことで、この詩の射程にはそれが明記されるにせよされないにせよ、さらに異なる人物と構造物のセットがありえるという確信が得られるわけです。すくなくとも、この詩において人物と構造物のセットには特権的な関係がある。

さて、次に上記の散文の下に配置された散文のブロックを見てみましょう。《みんなをおぼえているよ、とみんながいう。みんなをおぼえつづけるために記録をつなぐ。〔…〕山口さんのエレベーターがほのあかるい海中塔にしずみ、海藻をつつくさかなたちが、海のふかいほうへおりていく。砂漠のような波のレリーフが刻まれた地層を佐々木さんの非常階段が這いながらのびる。急角度で見おろしたさきに船着き場と釣り人。そこへつうじる表階段はとてもとおい。優雅に手すりをつかみながら鈴木さんが階段をのぼる。佐々木さんの岸壁の道は木のトンネルと岩のトンネルにつづいている。》引用では興味深い箇所（それぞれの人物が自身に付されていた構造物を使用している、構造物が特定の環境に埋め込まれている、佐々木さんが自身の構造物とは異なる構造物に接触している、など）がたくさんありますが、注目すべきは「船着き場と釣り人」という語です。この語は「〇〇さんは××の人だった」「〇〇さん（××の人）」に続く「構造物と人」のセットでありながら人物名がなく、同時に人と構造物を無造作に結びつける操作もない、単なる換喩的な関係として風景のなかに埋め込まれています。しかし、私たちはここに「〇〇さん・××の人」関係を、構造物と《人》の語の使用によって潜在的に読み取ることのできる布置を持っています。もうすこし詳しく言うと、これまで見られた人物名と構造物のセットは「〇〇さんは××の人だった」から「〇〇さん（××の人）」への移行をとおして、語《人》が人物名と構造物を結びつけるように機能しています。つまり、《釣り人》は直接的に結びつかないものの、そこに《人》という語が使用されていることにより、ここには「船着き場の人」

がどこかにいるのではないか、という視点が私たちのなかに生まれるわけです（構造物は《船着き場》のほかにも《海中塔》や《岸壁の道》、《木のトンネル》《岩のトンネル》にも見られますが、それらについて《人》の語は用いられず、用いられたとしてもそれは《佐々木さん》のようなべつの構造物に関係づけられた人であり、また助詞「の」がこれらの語を特定の状況下における特定の構造物としてのニュアンスを強めているので、「非常階段（の人）」や「エレベーター（の人）」に通じる抽象性を持った《船着き場》は、やはり特権的に「人」の存在を意識させます）。結論から言えば作品内に「船着き場の人」は明記されず、《船着き場と釣り人》は風景の一部として書き込まれる以上の操作を加えられてはいないのですが、《船着き場》にはこの詩が書かれるにあたって採用された視点が抱え込めなかった「船着き場の人」がいて、《みんな》は彼／彼女のことをおぼえていないのかもしれない、という読みを立てることが可能なのではないかとおもいます。「とおくから星がふる」という詩は、どちらかといえば俯瞰的な視点、「地上」を見渡す神のような気配で書かれ、登場人物の死後を含んだ広いスパンの時系列を見渡している。しかし、そんな神の視点において見逃され、一括りの《みんな》からこぼれてしまうだれかがいるかもしれない。本作品の全体主義的なニュアンスを反転させる作用が「船着き場と釣り人」に感じられます。さらにいえば、《船着き場》は「船着き場の人」をカストロのパースペクティヴィズムにおける魂、それも人間の視点にとっての非人間的な魂として表出させており、同時にこの観点は佐々木さんや山口さんのような「構造物の人」を、構造物がもつ（人間として見なされた）魂のような存在として表出させうる力を持っているのではないでしょうか。

ここから、もう一度「佐々木さんの前面」のふるまいに立ち返ってみると、話は次のように読み替えられそうです。先ほど山本さんが引用された「内在と恐怖」は、日本語で読めるカストロの文章のなかでもひときわ興味深く、たとえばある章で、彼は人間と動物が繰り広げるパースペクティヴの奪い合いについて、次のように述べています。《典型的な衝突は、村の外に一人でいる人（薪集めをしている女性や狩人など）と、一般的には一見して動物や人に見える存在、時に（生死を問わず）その人の親族に見える存在とが対面するときに起こる。そして、その実在は人間に問い掛ける。例えば、動物が狩人に対して、どうして狩猟の対象にするのかと抗議する。あるいは、狩人の矢がそれを射止め損ねた際、彼を「奇妙に」見つめる。こうした擬似的な親類は、主体に対してついてくるよう、それが持っている食物を受け取るよう誘う。それらの実在による、こうした先制攻撃への応答は決定的である。語りや誘いを受け入れるのであれば、あるいは問い掛けに応じるのであれば、その人は負かされる。非－人間的主体に圧倒され、あちらの側へと向かい、語り手と同じ種へと変態してしまうのだ。》（前掲書）カストロにおけるパースペクティヴィズムは、原初においてあらゆる実在が人間性をもつ世界であるために、「私が人間であること」を安定的に自身の自己同一性として設定できない世界観です。すべての実在は互いに異なる種族でありながら、にも関わらず人間であり、私＝人間は私が人間であることを自身のパースペクティヴから見られる自身の外見において維持しようとする。しかし一方で、ジャガー＝人間は自身のパースペクティヴに基づいて自身を人間と見なしている。すべ

てに人間性が内在し、各々が各々のパースペクティヴから見られる外見をとおして自身を人間として定位させるとき、私＝人間とジャガー＝人間の出会いは、どちらかが自身のパースペクティヴを乗っ取られ、自身が内在的には人間でありながらもパースペクティヴ－外見に基づいて自らを脱人間化する危険をはらんでいる。「とおくから星がふる」において、前面以外は自らのパースペクティヴに基づいているなかで、前面は《佐藤さんの脚》に自身のパースペクティヴを奪い取られている。また、《恋》とは脱主体化の過程を如実に示すものです。このとき、《「みんなで手すりにつかまろう」。》は、佐々木さんが佐々木さんのパースペクティヴに基づいて自身が（非常階段の）人間ではなくなる事態について発せられた声であると聞き取ることもできます。しかし、《エスカレーターへのほのかな恋は非常階段の自己同一性に衝突する》という記述は、《それでもエスカレーターは階段なのだ》という《佐々木さんの右側》が発するエスカレーターと非常階段を《階段》のもとに同一化し調停する主張が、《非常階段》と《エスカレーター》の外見に基づくパースペクティヴの分化においては効力を持たないことをあらわします。佐々木さんの苦悩は「エスカレーターと非常階段の恋愛」がなんらかのタブーに触れるからではなく、《非常階段》のパースペクティヴに基づいて自身を《人》として定位することができなくなってしまう（《エレベーターの人》を人間と見なすパースペクティヴにおいて、そこから見られる《非常階段の人》は人間ではなくなってしまう）ことから生じるものだといえますが、言い換えればこれは、自己のパースペクティヴの変更をとおして非－人間的な形態を佐々木さんが手に入れることで、彼が《非常階段の人》から《非常階段》と《人》に分化するという読みへと裏返すこともできます。《内部／外部の境界線を引きなおし、論理を組み換え、自分自身と佐藤さん－エスカレーターを内部とするあらたな〈私〉へと生の形式を変化させていくような運動》としてなまけさんが話された内容と重なるかもしれませんが、カストロにおいてある存在は、他者から見られる限りで常にその外見が設定され、外見があるという事実によって、幽霊でさえも（生死を問わず、という先の引用部の補足がこれに相当します）身体を持つといいます。佐々木さんが抱えた自己同一性のゆらぎはそのまま《非常階段》と《佐々木さん》の分離を意味している。カストロに合わせれば、これは分離というより変態と呼ぶべきなのかもしれませんが、彼は変態に伴う特徴として、他者から見える自己の現れの変化ではなく、他者の現れに対する自己の知覚の変化があると述べています。私が別のなにかになることは、私から見られる世界が変わることであると。これは同時に、他者に対する自己のふるまいの変化も伴うものでもあるのでしょう。佐々木さんは《非常階段の人》として自己同一性を保つために他者を憎むことをやめ、さらには自分を「建造物の人」として維持するために接続していた《非常階段》から離れて《岸壁の道》とつながり、《木のトンネル》と《岩のトンネル》を潜り、ついには《エスカレーター》にも結ばれていく。こうして見ると、「とおくから星がふる」は、登場人物を全一的に見つめる視点や登場人物を登場人物として見なすことなく《船着き場》として見る視点、個々のパースペクティヴにもとづく「建造物の人」の視点、そこから外れて自己の組成を別の建造物へと接続していく視点など、多種多様な視点の交錯を描く作品として読むことができます。

なまけ　たとえば《釣り人》のように、動作とその主体を《人》という語によって統合させるという通常の言語使用の論理は、《釣り人》を見ている何者かの視線においてあらわになるものですね。一方これらの詩群における論理は、構造物とそれとなんらかの関係を持つ主体を《人》という語によって——それを記述する視点によって——統合させられていたわけです。

最後になりますが、思い出しておけば、「代替エネルギー推進デモ」のテキストで焦点が当てられていたのも、従来のエネルギーの使用方法を改善するというよりは、いままでエネルギーとは見なされていなかったものをもエネルギーとして見なすような、事象のエネルギーへの変換方法をあらたに生成すること、でしたね。つまり、物と物、物と人、人と人をそれまでとは異なる別のしかたで統合するあらたな論理＝視点の模索です。もうひとつ、この詩が上演のためのスクリプトとして用意されていることも重要です。この詩のはじまりの見開きを見ると、《役割》や《オープニング事例》という小題をつけられたテキストが、A、B、Cという3パターンの役者の振る舞いのルールを示している。それにより、おそらく3人の人間が「舞台」に立つのだろうということが、その後の詩のテキストを読む上で強く意識されます。やまもとくんが簡潔に書いてくれたように、〈私が私であること〉は《相容れない知覚や思考や視点を、相容れないままに統合し、特定の瞬間だけに属する思考ではありえないような複雑さをもった思考を成立させる論理》ですが、上演における「舞台」において明らかになるのも、この〈私が私であること〉なのだろうと思います。

山本　確かに、この詩集に演劇的「舞台」のイメージを伴う作品が入っていることは、とても重要でしょう。「代替エネルギー推進デモ」はもちろん、その手前に収録している「アレンジメント／シンポジウム」も、人物と事物、そしてそれらの関係が、ト書きのように記されている作品ですね。あらためて思えば、「とおくから星がふる」の第1、第2連の記述は、舞台の設定と、そこで演技をする人物らをめぐる説明（それらを立ち上げるための準備）のようにも感じられる。

「アレンジメント／シンポジウム」と「代替エネルギー推進デモ」のデザインは、それぞれ共通する問題意識のなかで制作しました。「代替エネルギー推進デモ」では、すでに今回の座談会の冒頭で少し触れたように、散文に特有のシステマティックな改行によってかたどられるテキストボックスを、ある大きさの正方形に固定し、逆にそのなかに置かれる文字の方を、分量に応じて拡大縮小する手法を取ったのですが、それは、テキストの置かれる領域を、舞台というフィクショナルな場として構築すると同時に、そこに置かれるテキスト同士を特定の大きさの正方形を媒介として翻訳される関係に位置づけるためのものだった。さらにそこへ、見開き単位で引き継がれる線や円などのオブジェクトを導入することで、舞台上で行なわれる行為や時間が、徐々に蓄積していく感覚を表現することになった。

同じく「アレンジメント／シンポジウム」でも、テキストの置かれる場を舞台として枠づけつつ、最後の3行を、その枠の外に置くというデザインを取ってみた。この詩では、前半で《出演者》の、後半で《観客》の、それぞれ振る舞いが記述されていますが、いずれ

においても《たがいに空気を読んではならない。》という一文があり、その上で《出演者》に関しては空間の閉鎖性が、《観客》に関しては《出演者》に対する空間の開けが強調されている。そして、それらがともに《空間の外》へ出る。この外は、もはや空間概念そのものの外（の、詩内部への導入）に近い。

舞台にしても、出演者や観客にしても、奇妙な同一性を強いられるものとしてある。演劇ではいくつもの場面が、同じ舞台の上でなされた結果、舞台は異なる場面、異なる時空間を同じひとつの場所で展開するための強い虚構性を抱える。舞台上でいくつもの場面を演じる出演者も、彼らはふだんと異なる人格を身に宿すわけですが、本来の人格とそれとは別の人格を同じひとつの身体の上で連続させている。観客もまた、一連の作品展開を見、体験しつづける位置として、周囲の環境の、ふだんとは異なるつなぎあわせに晒される役割を一貫して強いられている。これらいずれもフィクショナルな持続、統合を与えられた舞台－出演者－観客の属する空間とは、物理的空間に依りつつ、それとそうとうに異なる抽象性（濃密な関係性）を帯びたものでもあります。人物＋場所（事物）という具体と、抽象の、多様な重ね合わせが試みられる空間であるからこそ、その外を問うことができる。

このような舞台－出演者－観客の関係は、上演という、わずかな特別な時間にのみ実現されるものではない。むしろ、ひとつの知覚のあり方として、上演後も、この世界にとどまり、それと接したものたちの生や習慣や振る舞いに巣食い、ひとつの実在のように部屋のなかにごろりと転がったままでいるでしょう。「代替エネルギー推進デモ」には次のような一節があります。《きたるべき代替エネルギー論にとってもっとも重要なことは、普段の生活で発生しているエネルギーが電気の形に自然に変換されなくてはならない、ということです。家庭で、あるいは日常生活で、人間が自然に行っている動きにともなう発電を考えなければならない。》（11「ニギリ発電」）「代替エネルギー」という概念によって焦点化されるのは、なまけも言っていたように、物と人のあいだの様々な関係性……より明確に言うと、異なる物理的事物・抽象的思考間を、自らの営みに用いることができるようなエネルギーの単位のもとでつなぐ翻訳関係であり、それは特殊な思考法などではなく、生き物と物たちが繰り広げつづける極めて日常的な振る舞いのなかにあるものです。詩の冒頭に掲げられた《役割》において、A はスクリプト＝詩のテキストを自らの身体に可能な早口の「声」に変換する存在として、B はその声に応じて自らの内に浮かんだ思考・イメージを言語化してはそれを Google 翻訳を用いて他言語へ自動翻訳する存在として、C は各パートの表題を自らの身体の動きへと翻訳する存在として、それぞれ規定されていた。翻訳において何かと何かを同一のものとするための正しさの基準は、どこかに客観的に置かれるわけではなく、各々の内に各々の仕方で存在する。世界とは、それら複数の翻訳法を素材として編まれる、生き物と物のハイブリッドな蠢きとしてある（詩の最後で触れられる、3.11 のように）。蠢きは、ばらばらなまま、局所的な関係性の渦＝舞台を形作り、舞台同士が接する中で舞台の〈外〉が、個々の生き物や物の内部へと折りたたまれていくだろう。言語表現は、紙の上に並べられた活字（＋線、色、図形）に還元されるものではなく、それを用いて行なわれる共同の制作の営みであるということを、改めて確認しなければなりません。（了）

いぬのせなか座叢書　2

地上で起きた出来事はぜんぶここからみている

河野聡子

2017年7月17日　第1刷発行
2024年6月17日　第2刷発行

発行
いぬのせなか座
http://inunosenakaza.com
reneweddistances@gmail.com

編集・デザイン
山本浩貴+h

印刷所
シナノ書籍印刷株式会社

ISBN 978-4-911308-02-8 C0092

河野聡子（こうの　さとこ）
1972年福岡県生まれ。ヴァーバル・アート・ユニット「TOLTA」代表。
書評や論考、エッセイを文芸誌、新聞等に寄稿。
実験音楽のユニット「実験音楽とシアターのためのアンサンブル」でも活動している。

既刊詩集
『時計一族』思潮社　2007年
『WWW／パンダ・チャント』私家版　2011年
『Japan Quake Map—Sapporoによるヴァリエーション』私家版　2012年
『やねとふね』マイナビ現代詩歌セレクション Kindle版　マイナビ出版　2014年

代替エネルギー推進デモ　初演　アンスティチュ・フランセ東京
　　（東京日仏学院、出演：TOLTA（関口文子、山田亮太、河野聡子））2011年4月27日
　　初出　「現代詩手帖」2011年7月号

マンダリン・コスモロジー　「骨おりダンスっ」3号　2011年4月

ハロー　「骨おりダンスっ」8号　2012年5月

ブルーブック　「骨おりダンスっ」6号　2011年11月

星ぼしのあいだに立つ　「イリプスⅡnd」8号　2011年11月

ハンド　「骨おりダンスっ」7号　2012年2月

アンダーグラウンド・テレビジョン　書き下ろし

とおくから星がふる　「洪水　～詩と音楽のための～」19号　2017年1月

初出一覧

紙飛行機　「現代詩手帖」2008年6月号

家　「詩と思想」2016年7月号

歩く人　読売新聞東京版夕刊　2014年9月22日

クマの森　「モーアシビ」30号　2015年2月

専用　「ミて」135号　2016年夏

一八〇秒　「現代詩手帖」2009年9月号

アレンジメント／シンポジウム　「季刊びーぐる」30号　2016年1月

生物　朝日新聞東京版夕刊　2016年10月12日